初學記卷第十七

人事上

聖第一

敘事　尚書曰睿作聖又曰聖作則易曰備物致用立功成器以爲天下利莫大乎聖人知進退存亡而不失其正者其惟聖人乎禮記曰大哉聖人之道洋洋乎發育萬物峻極于天譬如天地之無不持載無不覆燾徒到反　如四時之錯行如日月之代明家語曰昔哀公問何謂聖人孔子對曰所謂聖人者智通乎大道應變而不窮測物之情性者也六韜曰夫聖人者與天下之人皆安樂管子曰聖人若天然無私覆也若地然無私載也私者亂天下也老子曰聖人無常心以百姓心爲心善者吾善之不善者吾亦善之莊子曰天卜梁倚者有聖人之才而無聖人之道我有聖人之道而無聖人之才吾教

之其果爲聖人也孫卿子曰天下無二道聖人
者天下利器也說苑曰聖人之於百姓其猶赤
子乎饑者食之寒者衣之將之養之育之長之
唯恐其不至於大也**事對**受圖 加筭尚書考曜靈曰四千
五百六十歲精反初握命几起河圖聖受思鄭玄注曰聖謂堯也天握命人當起者河乃出圖黃帝堯受而思之以受曆數也
河圖曰黃帝曰凡人生一日天帝賜筭三萬六千入賜紀二十聖人得三萬六千七百二十月人得三萬六千一紀主一歲聖
人加七百二十 燭遠 照微尸子曰聖人之身猶日也夫日圖尺光盈天地聖人之身小其所燭遠顏
延之論檢曰聖人者靈照燭微理絕功外 虛心 正己老子曰聖人虛其心而實其腹尸子曰聖人中一正
已也故曰天地之府 參天 配地易曰昔者聖人之作易也幽贊於神明而生著參天兩地而倚數大

戴禮曰哀公問曰何謂聖人者其事大配乎天地參乎日月若天之司莫之能識 合節 應樞韓詩
外傳曰舜生於諸逢遷於負夏卒於鳴條東夷之人也文王生於岐周卒於畢郢西夷之人也地相去縣隔然得志而行乎中
國如合符節孔子曰先聖後聖其揆一也殷康論易曰昔伏羲始畫八卦觀象以應樞 穆穆 洋洋
大戴禮曰哀公問曰何謂聖人孔子對曰所謂聖人者智通乎大道應變而不窮穆穆純純莫之能循此則聖人也尚書曰聖
謨洋洋嘉言孔彰 隨時舉事 以德分人文子曰聖人隨時而舉事因資而立功守
清道拘雌節因循而應變常後而不先莊子曰以德分人謂之聖智似深淵明如日月謂之聖 窮神知化
盡妙躰道姚信士緯曰聖人高不可極深不可測窮神知化此所稟於天也五行論曰聖人盡衆妙躰至
當故不求有所示而物自親之 先識 玄照姚信士緯曰聖人獨見先識仁若春陽信若影響揚方五
經鉤況曰聖之生必資於陰陽陰陽之理即聖人所盡但盡陰陽之理則玄照之本自見此謂不求於自知而理盡自然知者

兼應　一兩志　祖台之道論曰夫道以至虛順通聖人以忘懷兼應劉堪論曰聖人躰蘊乾坤故有無兩忘也

不相　無名　史記曰唐舉相蔡澤曰吾聞聖人不相殆先生乎莊子曰至人無己神人無功聖人無名

感而後應　言而後行　莊子曰聖人感而後應迫而後動不得已而後起管子曰聖人擇可言而後行偷得利而後害偷得樂而有憂上聖人不爲也

致用　備德　易曰偹物致用立成器以爲天下利莫大乎聖人礼記曰聖人之記事也慮之以大愛之以敬行之以礼修之以孝始之以義終之以仁是故古之人一舉事而衆皆知其德之偹也

成務　創物　易曰夫易聖人之所以極深而研機唯深也故能通天下之志唯機也故能成天下之務唯神也故不疾而速不行而至周礼曰智者創物巧者述之百工之事皆聖人之作

神化　天行　文子曰聖人者與天地合其德與日月合其明能以神化者也莊子曰聖人之生也天行其死也物化靜而與陰同德動而與陽同波不爲福先不爲禍始

天縱　玄達　論語曰太宰問於子貢曰

夫子聖者與何其多能也子貢曰固天縱之將聖又多能也文子曰聖人誠使耳目精明玄達無所誘慕精神內守形骸不越即觀乎往代之外來事之內何足見也

純純　蕩蕩　大戴礼哀公問曰何謂聖人也孔子對曰所謂聖人者穆穆純純莫之能循此則可謂聖人矣列子曰孔子曰西方有聖者焉不化而不亂不言而自信不化而自行蕩蕩乎人無能名焉

本天地　叅日月　礼記曰聖人作則必以天地爲本以陰陽爲端以四時爲柄以日星爲紀大戴礼曰孔子曰聖人者事大配乎天地叅乎日月而雜以雲霓

備九德　綜三綱　孔融聖人優劣論曰以爲聖人俱受乾坤之淳靈稟造化之和氣該百行之高善偹九德之淑靈摯虞孔子讚曰仲尼大聖遭時昏荒河圖沉翳鳳鳥幽藏爰整礼樂以綜三綱因史立法是謂素王

稟四時　貫萬物　姚信士緯曰聖人所稟於四時也所稟於元氣也淮南子曰聖人內修其道術而不外飾仁義不知耳目之宜而游乎精神之和若然者撗廓六合兼貫萬物此聖人之游也

幽贊神明　彌綸天地　易曰聖人作易幽贊

於神明參天兩地而倚數又揚　五經鉤沉曰生而知之者上
也問曰孰生而知之乎荅曰聖人二儀既判懸象列暉八風有
序四氣錯御覽日月而違陰陽之數消搖八節俯仰玄黃彌綸
天地之軆窮竟有生之機牆天爲師用醒己心故曰生知不亦
審乎

論　後漢孔融聖人優劣論　孔子稱大哉堯之爲君唯天爲大唯堯則之是爲覆蓋衆聖最優之明文也堯作天子九十餘年政化洽於人心雅頌流於衆聽是以聲德發聞遂稱爲首易所謂聖人久於其位而天下化成百年然後勝殘去殺必世而後仁者也故曰大哉堯之爲君堯之爲聖也明其聖與諸聖同但以久見稱爲君也

梁沈約辨聖論　聖人遺情忘己常以兼濟爲念若不登九五之位則其道不行非以黃屋玉璽爲尊貴也文王造周而未集武王集之而未成周公雖無王祿而父兄二聖之烈不可以不終若不表示聖功制禮作樂則太平之業不著聖之美不彰

晉華譚新論　夫軆道者聖遊神者哲軆道然後寄意形骸之外遊神然後窮變化之端故寂然不動而萬物爲我用塊然玄默而衆機爲我運

殷仲堪天聖論　天者爲萬物之根本冥然而不言百姓生而不有其功萬物成而不疲其勞聖者承天之照用天之業聖宣其道者也

頌　張文琮太宗文皇帝頌　赫矣神武纘期作聖下括九圍上齊七政業統文武勳邁高光何隃不齊何患不　士女胥悅篚厥玄黃斯物之至聊于我皇我皇覆育資生懷造配堯登唐攘周在鎬翕受敷施明徵定保允神厥德方清帝道帝道欽明天下和平三時不害百穀以成我庾斯積如坻如京既富而教訟息刑清

顏師古聖德頌　天下文明日月貞觀百神受職三靈叶贊太階既平光華照爛超軒跨皞騰周軼漢萬壽無疆永延遐筭

後漢張超尼父頌　巖巖孔聖異代稱傑景合乾坤明參日月

讚　晉湛方生孔公讚　邈哉孔公龍見九二闡化繫象道映周季

賢第二

叙事　語林曰賢者國之紀人之望自古帝王皆以之安危故書曰惟后非賢不乂惟賢非

后不食昔者周公體大聖之德而勤於吐握由是天下之士爭歸之向使周公驕而且吝士亦當高翔遠去所至寡矣後漢李固上表曰臣聞氣之清者爲神人之清者爲賢理身者以練神爲寶理國者以積賢爲道黃石公三略曰傷賢者殃及三代蔽賢者身當其害達賢者福流子孫嫉賢者名不全呂氏春秋曰信賢而任之君之明也議賢而下之臣之忠也又曰得地千里不如得一賢士又語曰黃金累千不如一賢列

子曰治國之難在於知賢而不在自賢論語曰見賢思齊焉見不賢而內自省也孫卿子曰古之賢者食則餰鬻不足衣則短褐不完然而非禮不進非義不受說苑曰夫絕江海者託於舟致遠道者託於乘欲伯王者託於賢西京雜記曰漢文帝爲太子立思賢苑以招賓客周書陰符曰凡治國有三常一曰君以舉賢爲常二曰官以任賢爲常三曰士以敬賢爲常夫然雖百代可知也

事對

順德 樂道 周禮曰以賢制爵則民順德孔叢子曰魯

人有公儀潛賢者也樂道好古恬於榮利

建官 制爵 尚書曰建官惟賢位事惟能崇德報功垂拱而天下化制爵見上

配聖 法天 西凉武昭王賢明魯顏回頌曰問一洞士逑于神機用捨行藏配德聖師黃帝素問曰賢人者法則天地象以日月

季子玄覽 林宗洞照 孫子荊八賢讚曰季子聰哲思心精微玄覽幽𥨊觸類應機李尤九賢郭有道頌曰峩峩有道英風霞爽玄覽洞照慧心秀朗

詩喻鶴鳴 易稱鴻漸 毛詩曰鶴鳴誨宣王也鶴在野聞其鳴聲喻賢者雖隱居人咸知之易曰山上有水漸君子以居賢德善俗鴻漸于陸其羽可用爲儀吉

管生抱璞 楚老含眞 李尤九賢管徵君頌曰管生含道養志頤神抱璞秉和履信依仁謝萬八賢楚老頌曰楚老潛一寂翫無爲含眞內外載歌羽儀

積禮 富義 任嘏道德論曰夫賢人者積礼義於朝播仁風於人使天下欣欣然歌舞其德呂氏春秋曰魏文侯過段干木之閭而軾曰干木蓋賢人也干木富乎義賈人富乎財

國器 人表 王褒聖主得賢臣頌曰夫賢者国家之器用也所任賢則趨舍省而功施普器用利則功用少而就効衆班孟堅幽通賦曰天造草昧立性命兮復心弘道惟賢聖兮渾元運物[redacted]流而不處兮保身遺名人之表兮

宰予風舉 戴矯雲停 王廙宰我讚曰翩翩宰我首名言語志表羲辜英辝風舉吳先賢傳故揚州別駕從事戴矯讚曰猗猗茂才執節雲停志勵秋霜氷潔玉清

顧承鴻飛 史冑鳳立 吳先賢傳奮武將軍顧承讚曰於鑠奮武奕奕全德在家必聞鴻飛高陟又上虞令史冑讚曰猗猗上虞金鎣玉貞鳳立鸞跱邈矣不傾

玉粹 金貞 孫綽原憲讚曰原憲玄默氷清玉粹志逸九霄身安陋術常景古賢嚴公躰沉靜立志明霜雪素節邁金貞清標凌玉潵

避時 絕俗 論語子曰賢者避世其次避地其次避色其次避言徐整豫章列士傳曰議郎荀令施陽字季儒宜春人也爲人沉重謐靜清白絕俗常以礼讓先人後已爲行稱爲賢者

贈帛 推衣 韓詩外傳曰孔子遇齊程本子於談郯之間傾蓋而語終日甚悅顧子路曰由來取束帛以贈先生子路曰由也聞

之於夫子士不中道相見女無媒而嫁者君子不行也孔子曰詩云有美一人清陽婉兮邂逅相遇適我願兮且夫齊程本子天下之賢士也吾於是而贈蔡邕琴操曰昔思革子成文子三人相與爲友聞楚成王好士三子相與俱往見之於豪欽巖之間卒遇飄風暴雨俱伏於空柳之下衣寒粮乏度不俱活三人相視歎曰與其俱死也豈若併衣粮於一人哉二子以革爲賢推衣讓之

摛光 **戢景** 謝萬八賢頌曰皎皎屈原王瑩氷鮮舒采翡林摛光虯川李尤九賢陳太丘頌曰懿矣大丘惟德之紀弭迹下邑戢景百里

飛鸞 **翔鳳** 孫子荊八賢管仲讚曰管生彎弓與桓是讐駿奔從糾愧爲纍因沐浴西郊鸞飛詹丘李尤九賢華太殿頌曰亹亹敬侯誕縱淑姿令迹鳳翔清塵龍飛

主神明 **安社稷** 家語曰夫賢人百福之宗也神明之主也徐幹中論曰大賢之爲行也是非不與俗辨曲直故得其志則邦国以和社稷以安兆人受其福群生賴其祚

辨星辰 **罩宇宙** 黃帝素問曰賢人者辨星辰逆順分別四時李尤九賢嵇中散頌曰肅肅中散俊明宣哲籠罩宇宙高蹈玄轍

克勤克儉 **知章知微** 尚書曰帝曰來禹克勤于邦克儉于家弗自滿假惟汝賢摯虞顏子讚曰顏子亹亹仁心不違行無貳過知章知微

宣慈惠和 **温良恭儉** 左傳曰昔高辛氏有才子八人伯奮仲堪叔獻季仲伯武仲熊叔豹季貍忠肅恭懿宣慈惠和天下之人謂之八元論語曰夫子温良恭儉讓以得之

勞身苦體 **砥節礪行** 樂動聲儀曰召公賢者也明不能與聖人分職常戰慄恐懼故舍於樹下而聽斷焉勞身苦躰然後乃與聖人齊是周南無美而召南有之孔叢子曰魯人有公儀潛賢者也砥名礪行不事諸侯穆公因子思欲以爲相

揮金 **讓玉** 裴啓語林曰管寧嘗與華子魚少相親友共園中鉏菜見地有片金揮鉏如故與瓦石無異華提而擲去劉向新序曰莱人有得玉者獻諸司城子罕子罕讓不受獻者曰以示玉人玉人以爲寶故獻之子罕曰我以不貪爲寶若與我皆喪寶也不若各有其寶故宋国長者曰子罕非無寶也所寶異也

虛己 **忘心** 任嘏別傳曰爲人淳粹愷悌虛己如不足恭敬如有畏其修德履義皆沉默潛行莊子曰養志者忘形養形者忘利致道者忘

心

天授 **神輔** 周裴汝南先賢傳曰黃憲潔靜通理齊聖廣淵不矜名以詭時不抗行以矯俗論者咸曰顏子復生乎漢代矣而其祖族出自孤鄙父爲牛醫少无度敎而後能傑然秀出可謂天授者也文子曰積道德者天與之地助之鬼神輔之

參日月 **象天地** 莊子曰余將去汝入無窮之門以遊乎無極之野與日月參光與天地爲常譙周法訓曰好學以崇智故得廣業力行而卑躰故能崇德是以君子居謙而弘道然後德能象天地

論

魏高貴鄉公顏子論 心不違仁行無貳過用行捨藏與聖合契聽承微言罔有不論序之以易以章殊異死則悲慟謂天喪已所以殷勤至於此者聖人嘉賢哲之効

碑

後漢禰衡顏子碑 睿哲之姿誕自初育英絕之才著于孩嬰知微知章聞一知十仲尼無舜禹之功先生抱元凱之烈

讚

晉夏侯湛左丘明讚 世亂讒勝君子道憂丘明達聖致意春秋微言逃難傍行不流

後漢王粲正考父讚 恂恂正父應德孔盛身爲國卿族則公姓年在耆耋三葉

聞孜誰能不怠申慈約敬饘粥于口傴僂受命名書金鼎祚及後聖

西晉嵇康原憲讚 原憲味道財寡義豐棲遲蓽門安賤固窮絃歌自樂體逸心沖進應子貢遜有清風

晉摯虞左丘明讚 丘明作史時惟衰周錯綜墳籍思弘徽猷闡明王典光演春秋誕宣聖旨曠代彌休

東晉謝萬七賢嵇中散讚 遜矣先生英標秀上希巢洗心擬莊託相乃放乃逸邁茲俗網鍾期不存奇音誰賞

忠第三

敘事 韓詩外傳曰忠之道有三有大忠有次忠有下忠以道覆君而化之大忠也以德調君而輔之次忠也以是諫非而怨之下忠也周公於成王可謂大忠也管仲於桓公可謂次

忠也子胥於夫差可謂大忠也禮記曰爲人臣殺其身有益於君者則爲之左傳曰楚子囊死遺言謂子庚必城郢郢楚所徙都未有城郭君子謂子囊忠君薨不忘增其名將死不忘衛社稷可謂忠乎忠人之望也又曰晉獻公使荀息傅奚齊對曰臣竭股肱之力加之以忠貞其濟君之靈也不濟則以死繼之公曰何謂忠貞對曰公家之利知無不爲忠也送往事居偶俱無猜貞也又孤突曰子之能仕父教之忠策名委質貳乃辟也

又季文子卒無衣帛之妾無食粟之馬無藏金玉無器備君子是以知季文子之忠於公室也相三君矣而無私積可不謂忠乎東觀漢記曰鮑永字君長行縣過更始冢引車欲下從事諫止之永曰親北面事人何忍車過其墓雖獲罪司隷不辟也遂下車哭盡哀上聞之問公卿曰奉使如此何如太中大夫張堪對曰仁者百行之宗忠者禮義之宗仁不遺舊忠不忘君行之高者上悅說苑曰卑身賤體夙興夜寐進賢不

僻數稱往古以厲主意以安國家如此者忠臣
也又曰逆命利君謂之忠東觀漢記曰上於大
會中指王常謂群臣曰此家率下江諸將輔翼
漢室心如金石真忠臣也是日遷常爲漢忠將
軍

事對

孔達成衛　安于定趙 左傳曰晉以衛之救陳也討焉使人弗去
曰罪無所歸將加而師孔達曰苟利社稷請以我說遂縊而死
衛人以說于晉而免衛人以爲成勞復室其子使復其位又曰
智文子使告趙孟曰范中行氏雖爲亂董安于則發之是安于
與謀亂也趙孟患之安于曰我死而晉國寧趙氏定將焉用生
乃縊而死

揚仁被甲　應詹負戈 司馬續漢書曰揚仁字文義明帝待詔補北宮衛士
及帝崩時諸國貴盛名爭欲入宮仁被甲持戟嚴勒門衛莫敢
輕進者王隱晉書曰王敦將作逆明帝問應詹曰如何詹曰陛

下宜奮赫斯之威臣等當負戈從戍不顧族命
之禍以順討逆即日以詹爲護軍將同心滅敦

張飛横矛　銚期奮戟 蜀志曰先主奔荊州曹公追之先主弃妻子走使張飛將二十騎距後飛據水斷橋瞋目横矛
曰身張益德也可來共決死敢近者東觀漢記曰銚期從光武
略地時王郎檄書到薊中起兵應王郎上趍駕出百姓聚觀喧
呼滿道遮路不得行期騎馬奮戟瞋目大呼左右曰走衆皆披靡銚音姚

耿恭推誠　傅彤授命 范曄後漢書曰耿恭守疏勒明帝崩救兵不至車師復叛與匈奴共攻恭與士推誠同死生故皆無二心蜀志
曰先主退軍義陽傅彤斷後拒戰兵人死盡吳將語彤令降罵
曰吳狗豈有漢將軍降者遂戰死拜子僉爲左中郎將後爲關
羽都督景曜六年又臨危授命論者嘉其奕世忠義

紀信傳纛　嵇紹端冕 史記曰項
羽圍漢王於滎陽紀信說漢王曰事已急矣請爲王王可以間
出紀信詐爲漢王乃乘黄屋車傅左纛曰城中食盡漢王降楚
軍皆呼萬歲王隱晉書曰嵇紹以天子蒙塵馳詣行在王旅敗
績於蕩陰百官左右皆奔散唯紹嚴然端冕以身扞衛兵交御

輦飛箭雨集遂以見害 **王堪杖節** **周處奮劍** 傳玄晉諸公讚曰惠帝幸長安東海
王越表王堪爲尚書右僕射假節都督奉迎諸軍事進於灞水
上與郭偉力戰堪杖節臨陣慷慨氣冠六軍即斬偉迎惠帝還
洛陽其後爲石勒所襲壘破左右扶堪上馬堪慨然歎曰我國
家大將不能禦難以至於此柰何面目復還朝廷終不動騎遂
至被害周處別傳曰氐賊齊萬年爲亂以處爲建威將軍進軍
大戰奮劍慷慨仰天歎曰有進無退以身殉國遂戰而死

柳隱堅壁 **羅獻保地** 常璩華陽國志曰柳隱字休然魏鍾會伐蜀入漢川大戍多下
唯隱堅壁不動後主既降以手令勑隱隱乃詣會晉文帝聞而
義之習鑿齒襄陽耆舊記曰魏伐蜀羅獻爲巴東太守吳聞蜀
巳敗遣盛獻等水陸並到說獻以合同之計獻銜枚夜
出擊破獻旋軍保城告誓將士厲以節義莫不用命 **當熊**

授馬 漢書曰孝元帝馮昭儀上幸虎圈鬬獸後宮皆坐熊遷逸出圈攀檻欲上殿左右貴人皆驚走昭儀直當熊前
而立左右格殺熊上問人情驚懼何故前當熊對曰猛獸得人
而止妾恐熊至御坐故以身當之帝嘆嗟因爲敬重焉魏志曰

曹洪字子廉太祖從弟也太祖起義兵下馬以馬授太祖太祖
辭讓洪曰天下可無洪不可無君遂步從到汴水水深不得渡
洪循水得船與太祖共濟 **申蒯斷臂** **弘演納肝** 劉向新序曰崔杼弑莊公申蒯漁於
海將入死之門者以若崔杼令勿內之申蒯曰汝疑我乎吾與
汝臂乃斷左臂而與門者以示崔杼杼陳八列令入申蒯援劍
呼天而鬬呂氏春秋曰狄人逐衛懿公於榮澤見殺盡食其肉
獨舍其肝弘演使還哭畢呼天而號盡哀而止因自出其肝以
內懿公之肝 **碎首** **祖背** 公羊傳曰宋萬弑閔公仇牧聞之趍而至遇之于門手劍而叱之萬臂殺
仇牧碎其首齒著乎門闔仇牧可謂不畏強禦矣左傳曰齊襄
公田于貝丘喪屨反誅屨於徒人費弗得鞭之見血走出遇賊
于門劫而束之費曰我奚禦哉祖而示之
背信之費請先入伏公而出鬬死于門中 **齗鬚** **瞋目** 范曄
後漢書曰溫序爲護羌校尉行部至襄武爲隗囂別將苟宇等
所劫宇謂序曰子若與我并威同力天下可圖序曰受國重任
分當効死義不貪生宇賜以劍序受劍齗鬚於口顧左右曰既
爲賊所迫殺無令鬚汙土梁祚魏統曰曹公之敗於張繡也唯

校尉典韋力戰門中兵散賊從他門
入韋突殺數人重創瞋目大罵而死

令德 **高行** 左傳曰忠爲令
德管子曰忠者
臣下之高行

季孫相魯 **諸葛興漢** 左傳曰晉人執季文子舍之於
莒丘范文子謂欒武子曰季孫於魯相三君矣妾不衣帛馬不
食粟可不謂忠乎蜀志曰諸葛亮表曰今南方已定兵甲已足
庶竭駑鈍攘除姦宄興復漢室還于舊都
此以所以報先帝而忠於陛下之職分也

抉目 **剖心** 史記
曰吳王賜子胥屬鏤之劍以死子胥仰天歎曰抉吾眼著吳東
門上以觀越寇之滅吳也乃自剄而死尚書曰斮朝涉之脛剖
賢人之心孔安國注曰比干忠
諫謂其心有異於人剖而觀之

奉初 **推後** 左傳曰楚平王信讒使奮
揚殺太子太子奔宋王召奮揚曰言出於余口入於爾耳誰告
建也對曰臣告之君王命臣曰事建如事余臣不佞不能苟貳
奉初以還不忍後命故遣之漢書曰公孫弘奏事有所
不可不肯庭辨常與汲黯請間黯先發之弘推其後

復楚 **歸郢** 左傳曰初伍員與申包胥友其亡也謂包胥曰我必復
楚國包胥曰子勉之子能復之我必興之及昭王在隨

包胥如秦乞師立依於牆而哭日夜不絕聲勺飲不入口如是
秦師乃出又曰師入郢郢衆保於繹郢芋夷鴻以束帛乘車請
救於吳吳子伐魯
而郢子歸之也

勃蘇晝吟 **許肅夜泣** 戰國策曰吳入郢棼冒勃
蘇羸粮潛行十日而薄秦朝鶴立而不轉晝吟宵泣七日不得
水漿無入於口秦王聞而走之冠劍不相及左奉其首右濡其
口於是秦救楚退吳師復楚國許肅列傳曰肅爲愍帝侍中帝
送平陽頃之劉聰陰行鴆毒帝因食心悶欲見肅肅馳詣前帝
已不能語執肅手流涕肅歔欷登床帝
遂殂於扶抱之中晝夜號泣哀感異類

城郢 **復陳** 城郢見敘事中
家語曰孔子讀史楚復陳曰賢哉楚莊王也輕千乘之國而重
一言之信非申叔時之忠不能建其義非莊王之賢弗能受其
訓

衛難 **犯顏** 禮記曰公叔文子卒其子戍請謚於君君
曰昔衛國有難夫子以死衛寡人不亦貞
乎漢書曰汲黯字長孺好面折不能容人之
過其諫犯主顏色常慕傅伯袁盎之爲人

束帛 **羸粮** 事並
已見
上注

冒難 **經險** 許肅冒難持愍帝左右賊共議曰此晉
之忠臣也又抱朴子曰竭身命以狥國

經夷險而一節者忠臣也

龔勝推印 胡剛懸冠

漢書曰王莽篡位遣使奉璽書印綬馳馬迎龔勝勝輒推不受曰吾受漢家大厚之恩無以仰報豈以一身事二姓范曄後漢書曰胡廣六葉祖剛清高有志節平帝時大司馬辟之王莽居攝解其衣冠縣府門而去

石碏滅親 樂羊食子

左傳曰衛州吁弒桓公石厚從州吁如陳石碏使告于陳曰此三人者實弒寡君敢即圖之陳人執之而請於衛衛人使右宰醜莅殺州吁于濮石碏使其宰獳羊肩莅殺石厚于陳君子曰石碏純臣也惡州吁而厚與焉大義滅親其是之謂乎韓子曰樂羊爲魏將攻中山其子在中山中山之君烹其子而遺之樂羊坐於幕下而饗之

李不顧宗 祭不念屬

東觀漢記曰王郎遣將攻信都大姓馬寵開城内之收李忠母妻子而令親屬招呼忠時寵弟從忠爲校尉忠時召見責數之以背恩反城因格殺之諸將皆驚曰家屬在人手中殺其弟何也忠曰若縱賊不誅則二心也上聞而謂忠曰今吾兵已成矣將軍可歸救若母妻子忠曰蒙明公大恩忠得效命誠不敢内顧宗親又曰信都反爲王郎所置信都王捕繫祭彤父弟及妻子使爲手書呼彤曰降者封爵不降者滅族彤泣報曰事君者不得顧家彤親所以至今得安於信都者劉公之恩公事方爭國不得復念私也

文

太宗文皇帝祭比干文

且道喪時昏姦邪並用暴君虐主正直難居雖識鑒存亡詎能遣凶殘之累智周萬物不離顛沛之　然則大廈將崩非一木之能正天道去矣豈一賢之能全奮不顧身有死無二蹈斯節者罕有其人所以悽愴風烟靡尋餘跡暄涼丘壟空有其名雖古今殊塗年代冥寞式遵故實爰贈太師謚忠烈公清酌少牢以陳薄禮游魄髣髴昭此嘉誠

陳李元操爲宣帝祭比干文

自獨夫肆虐天下崩離觀竅剖心固守誠節忠踰白日義槩秋天羲皇已來一人而已見馬卿之賦恨不同時聞李牧之名願以爲將九原不作恨深千古聊伸薄祭君其饗諸

讚

隋庾信哀盎諫文帝讚

千乘峻轍六轡危行路迴松坂山斜柳城馬遂請輿文身攬欄檻義烈風雲應從御史翻賴斬將軍

篇

梁元帝忠臣傳受託篇

六眞英挺投袂勤王伯猷蹈節身殞名揚

(巖巖景倩主亡與亡嗟乎尚矣惟國之貞)又忠臣傳諫爭篇(子政鏗鏗誠存社稷朱雲折檻遂其直)

【表】梁元帝上忠臣傳表(資父事君實曰嚴敬求忠出孝義兼臣子是以冬溫夏清盡事親之節進思將美懷出奉之義是知理會君親忠孝一躰性與率由恩義致極)

【序】梁元帝忠臣傳序(夫天地之大德曰生聖人之大寶曰位由生所以盡孝因位所以立忠事君事父資敬之理寧異爲臣爲子率由之道斯一忠爲令德實所景行今將發篋陳書備加論討)

孝第四

【敘事】爾雅曰善事父母曰孝孝經曰夫孝天之經也地之義也人之行也禮記曾子曰孝有三大孝尊親其次弗辱其下能養公明儀問曾子曰夫子可以爲孝乎曾子曰孝者先意承志諭父母於道參直養者也安能爲孝毛詩曰哀哀父母生我劬勞無父何怙無母何恃出則銜恤入則靡至父兮生我母兮鞠我拊我畜我長我育我顧我復我出入腹我欲報之德昊天罔極論語曰孟懿子問孝子曰無違樊遲曰何謂也子曰生事之以禮死葬之以禮祭之以禮韓詩外傳曰曾子曰往而不可還者親也故孝子欲養而親不待是以推牛之葬不如雞豚之逮親存也初吾爲吏祿不過釜尚欣欣而喜者

非以爲多也樂其逮親也既沒之後吾嘗南遊
於楚得尊官焉堂高九尺轉轂百乘然後北嚮
而泣涕者非爲賤也悲不逮吾親故家貧親老
不擇官而仕孝子傳曰老萊子至孝奉二親行
年七十著五綵褊襴衣弄鶵鳥於親側又曰吳
恒之性至孝母葬之夕設九飯祭每臨一祭輙
號慟斷絶至七祭吐血而死呂氏春秋曰凡理
國家者必先務本務本莫過於孝夫孝三皇五
帝之本務而萬事之綱紀也執一術而百善至

禮記曾子曰身也者父母之遺體也行父母之
遺體敢不敬乎居處不莊非孝也事君不忠非
孝也蒞官不敬非孝也朋友不信非孝也戰陣
無勇非孝也五者不遂災及於親敢不敬乎夫
孝置之而塞乎天地敷之而橫乎四海斷一樹
殺一獸不以其時非孝也孝經援神契曰元氣
混沌孝在其中天子孝天龍負圖地龜出書天
孽消滅景雲出游庶人孝則澤林茂浮珍舒怪
草秀水出神魚**事對**陟屺 循陔 毛詩曰陟岵孝子行役思念父

母也陟彼屺兮瞻望母兮母曰嗟予季行役夙夜無寐上慎旃哉猶來無棄來廣微補亡詩曰南陔孝子相戒以養也循彼南陔言採其蘭眷戀庭闈心不遑安

怡聲 **愉色** 禮記曰適父母之所乃下氣怡聲又曰孝子之有深愛者必有和氣有和氣者必有愉色有愉色者必有婉容

嗣服 **繼志** 毛詩曰下武繼文也媚茲一人應侯順德永言孝思昭哉嗣服鄭玄注曰服事也昭哉武王言嗣行祖考之事謂伐紂定天下也禮記曰武伐紂定其達孝矣乎善繼人之志善述人之事

賜筭 **得壽** 河圖曰孝順二親得筭二千天司録所表事賜筭中功禮記曰舜其大孝也歟德爲聖人尊爲天子富有四海之内宗廟享之子孫保之故大德也必得其位必得其祿必得其名必得其壽

問豎 **求醫** 禮記曰文王之爲世子朝於王季日三雞初鳴而衣服至於寢門外問内豎之御者曰今日安否何如内豎曰安文王乃喜及日中又至亦如之及暮亦如之其有不安節則内豎以告文王文王色憂行不能正履王季復膳然後亦復初孝經援神契曰孝悌之至通於神明病則致其憂顧額消形求醫翼金宋均注曰翼羽翼親者也

盡歡 **竭力** 禮記曰子路曰傷哉貧也生无以養死無以爲禮也孔子曰啜菽飲水盡其歡斯之謂孝論語子夏曰事父母能竭其力事君能致其身與朋友交言而有信雖曰未學吾必謂之學矣

先意 **察色** 禮記曰公明儀問於曾子曰夫子可以爲孝乎曾子曰是何言歟君子之所謂孝者先意承志諭父母於道參直養者也安能爲孝也東觀漢記曰汝郁字叔異年五歲母被病不能飯食郁常抱持啼不肯飲食母憐之強爲餐飯欺言已愈郁察母顏色不平輒復不食宗親共異之因字曰叔異

盡力 **樂心** 周書曰忠愛以事親歡以敬之盡力而不固敬以安之忠孝者也禮記曰曾子曰孝子之養親也樂其心不違其志樂其耳目安其寢食者也

扇枕 **溫席** 東觀漢記曰黄香字文強父兄舉孝廉元奴僕香躬執勤苦盡心供養體無被袴而親極滋味暑則扇床枕寒即以溫席袁山松後漢書曰羅威母年七十天寒常以身溫席而後授其處

烝烝 **孜孜** 尚書曰有鰥在下曰虞舜帝曰俞予聞如何岳曰瞽子父頑母嚚象傲克諧以孝烝烝又弗格姦東觀漢記曰章帝殂明帝子以至孝稱孜

攷滕下

漢奩　魏璽　東觀漢記曰明帝光武第四子陰后所生即祚長思慕至踰年正月當謁原陵夢先帝太后如平生懽朝率百官上陵伏御床視太后鏡奩中物感動悲涕令易脂澤粧具左右皆泣莫敢仰視魏志曰明帝太和元年初營宗廟掘地得璽方一寸九分其文曰天子羡思慈親明帝爲之改容

曾閔　荀何　論語曰孝哉閔子騫人不間於其父母昆弟之言家語曰曾參字子輿志孝道故孔子因之作孝經蕭廣濟孝子傳曰閔損與曾參門徒之中最有孝稱今言者莫不本之曾閔荀伯子荀氏家傳曰荀顗年踰耳順而母年九十色養烝烝以孝聞當時在喪顦顇皃不可識蓬首環経奉迎節使若孾孩之號哀慟旁入傳玄著書稱勗與何曾曰文王之道事其親者其順昌何侯乎其荀侯乎古稱曾閔今有荀何

色難　敬易　論語曰子夏問孝子曰色難有事弟子服其勞有酒食先生饌曾是以爲孝乎鄭玄注曰言和顏悅色爲難也食餘曰餕莊子曰以敬孝易以愛孝難

陟岵　倚門　毛詩曰陟彼岵兮孝子行役思念父母也陟彼岵兮瞻望父兮父曰嗟予子行役夙夜無已上慎旃哉猶來無止師覺授孝子傳曰趙狗幼有孝姓年五六歲時得甘美之物未嘗敢獨食必先以哺父出輒待還而後食過時不還則倚門啼以俟父至數年父沒狗思慕羸悴不異成人哭泣哀號居於冢側鄉族嗟稱名聞流著漢安帝時官至侍中

吮癰　嘗毒　東觀漢記曰儵字長魚事母至孝母嘗病癰儵晝夜匍伏不離左右至爲吮癰周斐汝南先賢傳曰蔡順字君仲有至孝之心少喪父奉養母甘口之物不敢先嘗母至婚家因飲酒變吐順恐中毒乃嘗其吐母生瘡出膿以口嗽之

陸績懷橘　殷惲持瓜　吳志曰陸績字公績年六歲於九江見袁術術出橘績懷三枚因拜辭墮地術曰陸郎何乃作賓客而懷橘乎績跪荅曰欲歸遺母術奇之蕭廣濟孝子傳曰殷惲生而謹愿七歲喪父哀號毀悴不爲戲弄得瓜果可啖之物懷持進母未嘗先食

鮑永去妻　郭道瘞子　東觀記曰鮑永字君長上黨人也少有志操事後母至孝妻嘗於母前叱狗而永即去之裴子野志略曰散騎常侍袁瑜薦會稽郭道事繼母至孝家貧産子憂不能字謂其妻曰傷慈以終孝吾元恨也遂瘞之

無改　不忘　論語曰父在觀其志

父没觀其行三年無改於父之道可謂孝矣禮記曰先王之孝
也色不■忘乎目聲不絶乎耳心志嗜欲不忘乎心君子生則
敬養死則敬享
思終身不辱

陳紀畫像　丁蘭圖形

海内先賢傳曰
陳寔子故大鴻
臚紀字元方■至德絶俗才達過人烝烝色養不離左右豫州
刺史嘉其至行表上尚書畫像百城以厲風俗焉孫盛逸人傳
曰丁蘭者何内人也少喪考妣不及供養乃刻木爲人髣髴親
形事之若生朝夕定省其後隣人張叔妻從蘭妻有所借蘭妻
跪報木人木人不悦不以借之叔醉疾來醉罵木人以杖敲其
頭蘭還見木人色不懌乃問其妻妻具以告之即奮劒殺張叔
吏捕蘭蘭辭木人去木人見蘭爲之垂淚郡
縣嘉其至孝通於神明圖其形象於雲臺也

杜孝投魚　羅威進果

蕭廣濟孝子傳曰杜孝巴郡人也少失父與母居
至孝稱役在成都母喜食生魚孝於蜀截大竹筩
盛魚二頭塞之以草祝曰我母必得此因投中流婦出汲乃見
筩横來觸岸異而取視有二魚含笑曰必我壻所寄熟而進之
聞者嘆駭又陸徹廣州先賢傳曰羅威字德仁八歲喪父事母
至孝耕耘爲業勤身苦體以奉供養令召署門下吏不就將母
遁避隱居增城縣界令還復故居
朝暮供侍其果珍味隨時進前也

有司旌門　太守表墓

魏收後漢書曰楊引三歲喪父為母所養母年九十三終引年
七十五哀毁過禮三年服終恨不識父追服斬衰誓終身命經
十三年哀慕不改爲郡縣鄉閭三百餘人上状稱美有司奏宜
旌賞復其一門旌其純孝王烈之安成記曰縣有孝子符表以
孝聞天下年十六其母姜氏有疾侍省晝夜數十日母一食表
亦一食母不食表亦不食見母將絶至慟成咽廼至殞俄傾母
又亦没一日二喪在殯葬於四望岡
太守王府君樹雙■闕以表其墓

賦

魏陳思王曹植懷親賦

獵平原而南騖觀先帝之舊營步壁壘之常制識旌
麾之所停存官曹之典烈心髣髴於平生廻驥首而
永遊赴脩途以尋遠情眷
戀而顧懷魂須臾而九反

晉陸士衡思親賦

悲桑梓之
悠曠愧蒸
嘗之弗營指南雲以寄欵望歸風而効誠年歲俄其聿暮明星
爛而將清廻飈肅以長赴零雲紛其下頹歎纖枝之在幹悼落
葉之去枝存頓復之遺志感明發之所懷兄瓊芳而
蕙茂弟蘭發而玉暉感瑰姿之晚就痛慈景之先違

晉劉柔

妻王氏懷思賦超离親而獨寄與憂憤而長俱雖毫分以自勉曾无間於須臾想昔日之歡侍奉膝
下而怡裕集同生而從容常欣泰而念過逸豫何運遇之偏否獨遼隔於脩路梁武帝孝思賦隙之
倏忽悲逝川之不停踐霜露之妻愴懷燧穀而涕零仲由念枯
魚而永慕虞丘感風樹而長悲雖一至而捨生奉二親丂何期

詩

晉束皙補亡詩曰南陔孝子相戒以養也循彼
南陔言採其蘭眷戀庭闈心不遑安彼其之子罔或遊盤循彼
南陔厥草油油彼其之子色思其柔眷戀庭闈心不遑留馨爾
夕膳潔爾晨羞有獺有獺在何之涘按彼赴相噬魴捕鯉嗷
嗷林烏受哺于子養優敬溥惟禽之似勗增爾虔以介壽祉

其二章曰白華孝子之潔白也白華朱萼被于幽薄粲粲門子如磨如錯
終晨三省匪惰其恪白華絳趺在陵之陬倩倩士子沮而不渝
竭誠盡敬亹亹忘劬白華玄足在丘之曲堂堂處子无營无欲
鮮侔晨葩莫之點辱

魏王粲思親四言詩穆穆皇妣德音徽止思齊先姑志侔姜姒躬此
勞瘁鞠子小子小子之生遭世罔寧烈考勤時從之于征奄遘不造殷憂是嬰

讚

梁元帝孝德傳天性讚生之育之長之畜之顧我復我巻施何時欲報之德不可方思消塵之孝河海之慈廢書歎息泣下漣洏

晉夏侯湛閔子騫讚烝烝子騫立躰中正干禄辞親孝親書敬勉心景迹事詞流詠

友悌第五

叙事

論語曰孝弟也者其爲人之本與
又曰孝乎惟孝友于兄弟尚書君陳曰友于兄
弟克施有政爾雅曰善兄弟爲友詩曰兄弟既
翕和樂孔孺又曰陟彼岡兮瞻望兄兮兄曰嗟
予季行役夙夜必偕上慎旃哉猶來無死孔子
曰兄弟怡怡如也汝南先賢傳曰潁川陳寔有

子曰元方次曰仲方並以名德稱兄弟孝養閨
門雍睦海内慕其風四府並命無所屈就兄弟
甞過同郡荀爽夜會飲宴太史奏德星聚周禮
大司徒曰六行孝友睦婣任恤春秋左氏傳曰
君義臣行父慈子孝兄友弟敬所謂六順
因心 本性 毛詩曰維此王季因心則友則友其兄則篤其慶庾衮列傳曰次兄有疾癘氣方殷衮納
槃粥扶侍不舍晝夜友愛之至本之天性 梁王同輦 清河共室 漢書曰梁孝王入朝
見景帝欣持乘輿駟馬迎梁王於闕下入則侍帝同輦出則同
車遊獵梁之侍中郎謁者著藉引出入天子殿門與漢官無異
張瑩漢南詩字曰孝和皇帝諱肇章帝中子也兄慶爲皇太子
母被讒死慶爲清河子帝年四歲代爲太子而特親慶入則共

室出則同車章帝以此更哀憐慶衣服飲食與帝同也 許荊解劒 李鴻刻印 謝承
後漢書曰許荊兄子常報讎殺人怨家會衆操兵至荊家欲殺
之會荊始從府休歸與相遇因出門解劒長跪曰前無狀相犯
咎皆在荊不能相教兄既早没一子爲嗣如全死者傷其滅絶
今願殺身代之塞咎雖死巳往猶謂更生怨家扶起荊曰許掾
郡中稱爲賢吾何敢相侵因遂委去又曰李鴻字奉遜體性仁
孝友于兄弟弟育爲人所侵辱育後陰結客報怨爲執法吏所
得當伏罪時未有立嗣鴻爲大尉掾在京師傷育以義刷恥門
戶斷絶因分代育遂刻印還歸欲過家恐見妻子虧移其意到
縣北亭預佐記乞代育通記便飲鴆而死縣令省記怛然驚感 孔融爭死 冷平讓生
司馬彪續漢書曰山陽張儉以忠正爲中常侍侯覽所忿疾覽
爲刑章下州郡召捕儉儉與孔融兄褒有舊亡投過褒出時融
年十五六少之不下告也融知儉長者有窘迫色謂曰吾獨不
能爲君主乎因留舍藏之後以客發洩覺知國相巳下密就掩
儉得脱走登時收融及褒送獄融曰保納藏舍者融也融當坐
之褒曰彼來投我罪我之由非弟之過我當坐之兄弟爭死郡

縣疑不能決乃上讞詔書令褒坐焉融出是著名崔鴻南燕錄曰有司奏沙門僧智夜入臨淄人冷平舍淫其寡嫂李氏平與弟安國殺之郡縣按平兄弟以殺人論而平國各引手殺讓生競死義形急難

棣華　荊葉　毛詩曰棠棣之華鄂不韡韡凡今之人莫如兄弟死喪之威兄弟孔懷周景式孝子傳曰古有兄弟意欲分異出見三荊同根接葉連陰歎曰木猶欣聚況我而殊異哉還爲雍和

陰慶推第　李孟讓園　張瑩漢南記曰陰慶爲鮦陽侯其弟貟及丹皆爲郎慶以明尚書修儒術推居第園田奴婢錢悉分與貟丹慶但佩印綬而已當代稱之陳壽益部耆舊傳曰李孟元脩易論語大義略舉質性恭順與叔子就同居就有癎疾孟元推所有田園悉以讓就夫婦紡績以自供給

萌肥　禮瘦　東觀記曰倪萌字子明齊國臨淄人也仁孝敦篤不好榮貴常勤身田農遭歲倉卒兵革並起人民餒餓相啖與兄俱出城採蔬爲赤眉賊所得欲殺啖之詣賊叩頭言兄年老羸瘠不如萌肥健願代兄賊義而不啖又曰趙孝字長平沛國蘄人王莽時天下亂人相食孝弟禮爲餓賊所得孝聞即自縛詣賊曰禮久餓羸瘦不如孝肥餓賊大驚並放之

壽子載旌　姚萇授馬　左傳曰衛宣公烝於夷姜生急子屬諸左公子爲之娶於齊而美公取之生壽及朔宣姜與公子朔搆急子公使諸齊使盜待諸莘將殺之壽子告之使行不可及行壽子飲以酒載其旌以先盜殺之崔鴻後秦錄曰姚襄與李歷戰馬中流矢死弟萇下馬以授襄襄曰汝何以自免萇曰兄濟此豎子安敢害萇會救至俱免死

陟岡　在原　毛詩曰陟彼岡兮瞻望兄兮又曰鶺鴒在原兄弟急難

盧毓養寡　山偉訓孤　漢書曰盧毓字子家涿郡人也父植有名於時毓十歲而孤遇本州亂二兄死難當袁紹公孫瓚交兵幽冀屬年荒養嫂孤兄子以學行稱魏收後魏書曰山偉弟少亡偉撫寡訓孤同居二十餘年恩義甚篤不營產業身亡之後賣宅營塟

王商推財　卜式分產　漢書曰王商字子威涿郡蠡吾人也商爲太子中庶子以肅敬敦厚稱父薨商嗣爲侯推財以分異母諸弟身无所受又曰卜式河南人也以田畜爲事有少弟式脫身出獨取羊百餘口田宅財物與弟式入山牧十餘年羊致千餘頭買田宅而弟盡破其產式輒復分

與之 **姜肱同被** **李充易衣** 司馬彪續漢書曰姜肱字伯維彭城廣戚人也肱兄弟三

人皆以孝行著肱年最長與二弟仲季同被卧甚相親友杜預

汝南記曰李充兄弟六人貧无擔石之儲易衣而出并日而食

其妻竊謂充曰今貧如是我有私財可分異獨居人多費極无

為空自窮也充請呼諸隣里室家相對前跪舉觴告其母便顧

其妻叱而遣之婦行泣出門去 **趙孝食蔬** **魏霸服糲** 東觀漢記曰趙孝字長平沛國蘄人

也建武初天下新定穀食尚少孝得穀炊將熟令弟禮夫妻使

出比還孝夫妻共蔬食茹菜禮夫妻歸告言已食輒獨飯之謝

承後漢書曰魏霸字喬卿濟陰人為鉅鹿太守臨郡終不遣吏

歸鄉里妻子不到官舍常念兄嫂在家勤苦已獨尊樂故常服

麤糲[illegible]食魚肉之味婦親蠶桑子躬耕與兄弟[illegible]苦樂不得自異鄉里慕其行化之 **陳業灑血** **徐苗含雞** 謝承會稽先賢傳曰陳業字文理業兄度海傾命時依止者五六十人骨肉消爛而不可辨別業仰皇天

誓后土曰聞親戚者必有異焉因割臂流血以洒骨上應時歛

血餘皆流去王隱晉書曰徐苗字叔胄高密淳于人也輕財重

義行人所難者兄及小弟早卒鞠養孤寡隱幼口腹及與妻子

兄弟客居四十餘年田宅奴婢推之孤姪弟亡臨殯口中有癰

潰膿血含去之其行事類皆如此也 **分甘美** **同衣食** 東觀漢記曰孔奮篤骨肉弟奇在雒陽為

諸生分祿俸以供給其粮用四時送衣下至脂燭每有所食甘

美輒分減以遺奇江徽陳留志曰李銓平丘人也少聰慧有至

行銓兄前母子後母甚不愛也而衣食皆使下銓銓始年五歲

覺已衣服勝兄即脫不着須兄得已同然後服之其母遂不得

有偏及長銓内曲順母外奉其兄故閨門雍睦為群族所稱

詩

小雅棠棣詩 棠棣之華鄂不韡韡凡今之人莫如兄弟死喪之威兄弟孔懷原隰裒矣兄弟求矣鶺鴒在原兄弟急難每有良朋況也永嘆

晉陸士龍答兄士衡詩 悠遠途可極別促怨會長銜思戀行邁興言在臨觴南津有絕濟北渚河无梁

神往同逝感形流悲參商衡軌若殊迹牽牛非服箱

讚

隋辛德源姜肱讚 姜肱澹雅昆季遺榮同衾協好比德齊聲戰勝而悅嘉遯以貞孤舟直邁卷跡滄濵

東晉庾統三人讚

邅邁屯凶三孤丞立離禽嬰鳴邂逅同集式穀既熟和響具翕肇彼遠岐泯焉齊入

朱明張臣尉讚

詩詠張仲令也朱明輶財敦友衣不表彩寡妻昇穢棠棣增榮臣尉邈然醜類感誠

恭敬第六

敘事

論語曰恭近於禮遠恥辱也禮記曰中正無邪禮之質也莊敬恭順禮之制也昔者魯哀公問孔子曰何以敬身對曰君子過言則人作辭過動則人作則君子言不過辭動不過則百姓不令而敬恭如是則能敬其身能敬其身則能成其親又禮記少儀曰賓客主恭祭祀主敬敬恭之道不可廢也左傳曰正考父佐戴武宣

（三人皆宋君）三命茲益恭（三命上卿）故其鼎銘曰一命而僂再命而傴三命而俯（俯恭於傴傴恭於僂）循牆而走（言不敢安行）亦莫余敢侮（其恭如是人亦不敢侮慢）論語曰樊遲問仁子曰居處恭執事敬與人忠雖之夷狄不可棄也（夷狄雖無知猶當以恭敬忠信）魯國先賢傳曰魯有恭士者名曰汜行年七十其恭益甚冬日行陰夏日行陽一食之間三起魯君問曰子年甚長矣何不釋恭汜對曰君子好恭以成其名小人學恭以除其刑譽人者少惡人者多行年七十常恐斧鑕之加於汜

者何釋恭焉【事對】思齊 致愨 毛詩曰思齊太任文王之母鄭玄注文王之母常思莊敬者太任也禮記曰祭之日入室僾然必有見乎其位周還出戶肅然必有聞乎其容声出戶而聽愾然必有聞乎嘆息之聲是故先王之孝也色不忘乎目聲不絶乎耳心志嗜欲不忘乎心致愛則存致愨則著著存不忘乎心夫安得不敬乎君子生則敬養死則敬享思終身弗辱也 詩美溫溫 雅稱翼翼 毛詩曰溫溫恭人如集于木惴惴小心如臨於谷又尒雅云肅肅翼翼恭也 敬以免禍 恭以存位 禮記云鄉飲酒之義主人拜迎賓于門之外入三揖而後至階三讓而後升所以致尊讓也盥洗揚觶所以致絜也拜至拜洗拜受拜送拜既所以致敬也斯君子所以免禍也故聖人制之以道易繫辭曰君子致恭以存其位 正服 志冠 虞豫會稽典録曰陳瑞字文象爲縣卒瑞謙恭敬讓行惟謹敬及其居二千石九卿位少年童豎拜者皆正朝服與之抗礼若疾病不能荅拜輒拊頬以謝之左傳曰楚子狩于州来次于潁尾使蕩侯潘子司馬督囂尹午陵尹喜帥師圍徐以懼吳楚子次于乾溪以爲之援雨雪王皮冠秦復陶翠被豹舃執鞭以出僕析父從右尹子革夕王見之去冠被舍鞭杜預注曰敬大臣也 蘧瑗下門 韓卓趨社 孟儀同載曰衛靈公時蘧伯玉爲人恭儉篤禮夜行過公門必下靈公嘗與夫人夜坐有車當闕无声公謂夫人曰知車爲誰夫人曰必蘧伯玉也何以言之伯玉衛之篤礼者也夫礼下公門式路馬今車當闕无声是下門也非伯玉誰能闇行而不廢礼公使問之果是又江微陳留志曰韓卓敦厚純固恭而多愛博學洽聞好道人以善遇社則趍見生不食其肉 尚賢 敬老 孔叢子曰定公問曰周書所謂庸庸祇祇威威何謂也孔子對曰不失其道明之於人之謂也夫能用可用則能致理矣敬可敬則能尚賢矣史記曰魯懿公弟稱肅恭明神敬事耆老賦事行刑必問於遺訓而咨於故實也 正巾 斂衽 習鑿齒襄陽耆舊傳曰龐公躬耕妻子相待如賓休息則正巾端坐梁祚魏國統曰山濤字巨源少有大量在總角之中耆老宗長見者箕踞斂衽 趙盾假寐 茅容危坐 左傳曰晉靈公不君趙宣子驟諫公患之

使鉏麑賊之晨往寢門闢矣盛服將朝尚早坐而假寐麑退歎而言曰不忘恭敬民之主也賊民之主不忠弃君之命不信遂觸槐而死謝承後漢書曰茅容字季偉陳留人也年四十餘耕於野時與等輩避雨樹下衆皆箕踞相對容獨危坐愈恭郭林宗見而奇之

歌 魏文帝樂府短歌行山不厭高海不厭深周公吐哺天下歸心

引 魏陳思王箜篌引置酒高殿上親友從我遊中廚辦豐膳烹羊宰肥牛久要不可忘薄我義所尤謙謙君子德馨折德何求

詩 宋鮑明遠還舊廬詩肅裝屬盧旅奉軺承末塗嚴恭履桑梓加敬覽枌楡

聰敏第七

叙事 史記云人所以尚干將鏌耶者貴於立斷也所以尚騏驥者爲其立至也必若歷日曠久絲氂猶能挈石駑馬亦能致遠是以聰

明敏捷人之美材也劉劭人物志曰夫聖賢之所美莫美於聰明聰明之所貴莫貴於知人知人誠智則衆材得其序而庶績之業興矣是故堯以克明俊德爲稱舜以登用二八爲功湯以扶有莘之賢爲名文王以舉渭濱之叟爲治由是論之聖人之爲治孰不勞聰明於求人獲安逸於任使說苑云昔黃香字文强江夏人博覽傳記群書無不涉獵京師號曰天下無雙江夏黃童後魏書曰後魏元順字子和任城王澄之

子年九歲師事樂安陳豐晝夜誦書旬有五日
一皆通利豐奇之白王曰豐十五從師迄于白
首耳目所經未見此比江夏黃童不得無雙也
王笑曰藍田生玉何容不爾王瑱之童子傳曰
近代有樂安任嘏者十二就師學不再問一年
通三經鄉人歌曰蔣氏翁任氏童言蔣氏之門
老而方篤任家之學幼而多慧魏志曰王粲善
屬文舉筆便成無所改定人常以爲宿構 **事對**

知十 應五 論語曰孔子謂子貢曰汝與回也孰愈對曰賜也何敢望回回也聞一以知十史記曰淳

于髡見鄰忌說畢趨出面其僕曰是人吾語之微言五其應我若響之隨声是必對不久 **默識 響應** 陳壽益部耆舊傳曰趙閎字溫柔幼時讀尚書默識其音句又孔融薦祢衡表云安世默識響應事已見上應五注中 **荅果 題酪** 劉劭幼童傳曰楊氏子者梁國人也九歲甚聰慧孔君平詣其父父不在乃呼兒出爲設果果有楊
梅指以示兒曰此君家果兒即荅曰未聞孔雀是夫子家禽劉義
慶說苑人餉魏武甞說題酪器上爲合字以示衆衆莫之解次
至揚脩脩便噉之公問之人皆遥過鄉
何獨餐脩曰公教人一口復何疑也 **誦千言 賦一物**
劉劭幼童傳曰夏侯榮字幼權沛國譙人也幼聰慧七歲能屬
文誦書日千言經目輒識之張衡文士傳曰吳郡張純少有令
名甞謁鎮南將軍朱據據令賦一
物然後坐純應声便成文不加點 **五行並下 一字不遺**
謝承後漢書曰應奉讀書五行並下魏收後魏書曰祖瑩字元
珎范陽人十二爲中書學生博士張天龍講尚書選爲都講生
徒悉集瑩夜讀書勞倦不覺天曉誤持同房生趙郡李
孝怡曲禮卷上座置禮於前誦尚書三篇不遺一字 **校亡**

書　比欶字漢書張安世字子孺少小以父任爲郎用善書給事尚書上幸河東嘗亡書三篋詔問莫能知唯安世識之具作其事後購求得以相校一字无遺失上奇其才擢爲尚書令謝承後漢書曰祢衡與黃祖子射尤善衡與俱讀蔡邕所作碑文射愛其文恨不寫取衡謂射曰吾雖一遇猶識其言其欶兩字不明因書出之射寫還比校皆无所誤唯兩字缺

詩　吳郡張純少有清才與同郡張儼朱異俱童少往見驃騎將軍朱據據聞三人才名欲試之曰今三賢屈顧老鄙渴甚矣其爲吾各賦一物然後乃坐純曰驟裹以迅驟爲工鷹隼以輕疾爲妙何必積思皆隨目立成據大歡悅純賦席曰席爲冬設簟爲夏施揖讓而坐君子攸宜儼賦犬曰守則有威出則有獲韓獹宋鵲書名竹帛異賦弩曰南岳之幹鍾山之銅應機命中射隼高墉

序　魏禰衡鸚鵡賦序時黃祖太子射賓客大會有獻鸚鵡者舉酒於衡前曰祢處士今日无用娛賓竊以此鳥自遠而至明惠聰善羽族之可貴願先生爲之賦使四座咸共榮觀不亦可乎衡因爲賦筆不停綴文不加點

初學記卷第十七

曰務學不如務求師師者人之模範也孫卿子
曰師術有四尊嚴而憚可以爲師耆艾而信可
以爲師誦説不凌可以爲師知微而論可以爲
師又曰干將鏌耶巨闕辟閭古之良劍也然而
不加砥礪則不能利不得人力則不能斷驊騮
騏驥纖離緑耳此皆古之良馬也然而必前有
銜轡之制後有鞭策之威加之造父之御然後
一日而致千里夫人雖有性質美而心辯智必
將求賢師而事之擇良友而友之夫逹師之教

也弟子安焉樂焉休焉游焉肅焉嚴焉此六者
得於學則邪僻之道塞矣此六者不得於學則
君不能令於臣父不能令於子師不能令於徒

事對

函杖 束脩 禮記曰凡講問席間函杖函容也容杖足以指畫論語曰自行束脩以上吾未嘗无誨焉

桓榮東嚮 王祥南面 東觀漢記曰明帝即位尊桓榮以師禮帝幸太常府令坐東面設几杖會百官一王隱晉書曰魏高貴鄉公之入學也將崇先典乃命王祥爲三老侍中鄭小童爲五更祥南面几杖以師道自居帝北面乞言

模範 表儀 楊雄法言曰務學不如務求師師者人之模範也韓詩外傳曰智如泉源行可以爲表儀者人之師也

叩鍾 鳴鼓 禮記曰善待問者如撞鍾叩之以小者則小鳴叩之以大者則大鳴待其從容然後盡其聲不善荅問者反此謝承後漢書曰董春字紀陽會稽餘姚人少好學師事侍

中祭酒王君仲受古文尚書後詣京房授易究極聖旨條列科義後遷師立精舍遠方門徒學者常數百人諸生每升講堂鳴鼓三通橫經捧手請問者百人

在三　有四 崔鴻後秦錄曰初姚泓之爲太子受經於太學博士淳于岐岐病在家泓以師者人之表範傳先聖之訓加在三之義不可以不重親詣省疾拜於牀下孫卿子曰師有四術而傳習不與焉

主善　司成 尚書曰德无常師主善爲師禮記曰樂正司業父師司成一人元良萬邦以貞世子之謂也鄭玄注曰司主也又曰大司成論說在東庠凡侍坐於大司成者遠近間三席可以問也

坐帷誦書　隔幔講禮 東觀漢記曰張奐使匈奴休屠及朔方烏桓並同反叛遂燒度遼將軍門引毛赤坑烟火相望兵衆大恐各欲亡去奐安坐帷中與弟子誦書自若軍士稍安裴景仁前秦記符堅幸太學問博士經典博士盧壺對曰周官禮注未有其師韋逞母宋氏傳其父業得周官音義自非此母无可授後生於是就宋立講室書堂生徒百二十人隔絳紗幔而授業焉拜宋爵號宣文君賜侍婢十人

循循　濟濟 論語顏回曰夫子循循然善誘人博我以文約我以禮欲罷不能潘岳閑居賦曰兩學齊列雙宇如一右延国冑左納良逸祁祁生徒濟濟儒術

北海　西河 後漢書曰鄭玄字康成北海人也玄好學日夜討誦未嘗怠倦學徒相尋數百千人国相孔融深敬玄特立一鄉曰鄭公鄉廣其門曰通德門初師事馬融質諸疑義問辟歸融歎曰鄭生今去吾道東矣禮記曰子夏哭其子而喪其明曾子弔之曰吾與汝事夫子於洙泗之間退而老於西河之上使西河之人疑汝於夫子其罪一也鄭玄注曰言其不稱師也

築宮　架廟 史記曰鄒子如燕昭王擁篲先驅請列弟子之禮而授業築碣石宮身親往師之干宝搜神記曰介琰者不知何許人也吳先主時從北來云從其師白羊公入東海琰與吳主相聞吳主留琰乃爲琰架宮廟一日之中數四遣人往問起居或見琰如十六七童子或如壯年吳主欲學術琰以帝常多内御積月不教也

善誘　博喻 論語顏回曰夫子循循然善誘人禮記曰君子知至學之難易而知其美惡然後能博喻能博喻然後能爲師

南郭　東陵 列子曰列子既師壺丘子林友伯瞀人反居南郭從之處者百數王智深宋紀曰詔

徵士周勣於東陵立學累粮受業百餘人彥眞沉靜　玄覽純和崔鴻前燕錄曰劉讚

字彥眞平原人也經學博通爲世純儒貞清非禮不動恭容風重其德學使太子晃師事之魏收後魏書曰梁越字玄覽新興

人也少而好學博綜經傳无所不通性淳和篤信行无擇魏初爲禮經博士聘玉帛　加金紫

江徽陳留志曰婁望字次子雍丘人也少受春秋於少府丁子然以節操稱建武二十八年趙孝王聞其名遣大夫賁玉帛聘

望爲師望不受徐愛書曰武帝登祚加顏延之金章紫綬領湘東王師【賦】晉潘岳閑居賦

教无常師道在則是故賢士投紱明王懷璽訓若風行應如草靡漢班固西都賦命天孰誨故老

名儒師傅講論乎六藝稽合乎同異【詩】應璩百壹詩子弟可不慎慎在選師友師友必良德中

才可進誘【箴】晉傅玄太子少傅箴金木无常方圓應形亦有隱括習與性成

【序】後漢蔡邕郭有道碑序先生誕膺天衷聰叡明哲孝友溫恭仁篤慈固

貞固足以幹事隱括足以矯時遂考覽六經探綜圖緯周流華夏隨集帝學故拯文武之將墜拯微言之未絕于時纓緌之徒

紳佩之士望形表而影附聆嘉声而響和者猶百川之歸巨海鱗介之宗龜龍也尔乃潛隱衡門收朋勤誨童蒙賴焉用袪其

蔽州郡聞德虛已備禮莫之能致羣公休之遂辟司徒掾又舉有道皆以疾辭文不具錄蔡邕文範先

生陳仲弓碑序夫其仁愛溫柔足以孕育郡生廣大寬容足以包覆无方剛毅強固足以威暴矯邪

正身體化足以陶冶士心先生有此四德故言斯可法行斯可樂動斯可象靜斯可倣是以邦之子弟遐方後生莫不同情瞻

仰由其模範從其趣嚮戾很思和爭訟化讓雖嚴君猛政迫以刑戮未若先生潛導之速

交友第二

【敘事】毛詩序曰伐木燕朋友故舊也自天子至于庶人未有不須友以成者也魏文帝集論曰夫陰陽交萬物成君臣交邦國治士庶

交德行光同憂樂共富貴而友道備矣易曰上下交而其志同由此觀之交乃人倫之本務王道之大義非特士友之志也白虎通曰朋友之道有四近則正之遠則稱之樂則思之患則死之楊子法言曰朋而不心面朋也友而不心面友也說苑曰魏文侯歎田子方曰自友子方也君臣益親百姓益附吾是以知友士之功焉家語曰夫內行不脩身之罪也行脩而名不彰友之罪也故君子入則篤行出則友賢禮記曰君

子之交淡如水小人之交甘若醴君子淡以成小人甘以壞論語曰君子以文會友以友輔仁韓詩外傳曰昔鮑叔有疾管仲爲之不食不內漿甯戚患之管仲曰生我者父母知我者鮑子士爲知己者死馬爲知己者良鮑子死天下莫吾知安用水漿雖爲之死亦何傷哉後漢書曰李燮字德公所交皆捨短取長好成人之美時頴川荀爽賈彪雖俱知名而不相能燮並交二子情无適莫世稱其正魏志曰胡質云古人之

交也取多知其不貪奔北知其不怯聞流言而不信故可終也江表傳曰吳有程普者頗以年長數凌侮周瑜瑜折節容下終不之校普後自敬服而親重之乃告人曰與周公瑾交若飲醇醪不覺自醉風土記曰越俗性率朴初與人交有禮封土壇祭以犬鷄祝曰卿雖乘車我戴笠後日相逢下車揖我步行卿乘馬後日相逢卿當下

事對

同心　合志 周易曰二人同心其利斷金孔叢子曰儒有合志同方營道同術

久敬　益親 論語曰晏平仲善與人交久而敬之家語曰自季氏賜我千鍾而交益親也

攝儀　糾德 毛詩曰朋友攸攝攝以威儀周禮曰司諫糾萬民之德而勸之朋友

彈冠　結綬 漢書曰王吉與貢禹爲友代稱王陽在位貢公彈冠言其取捨同又曰蕭育與朱博爲友著聞當代長安語曰蕭朱結綬王貢彈冠言相薦達也

刎頸　剖心 漢書曰陳餘年少父事張耳相與爲刎頸之交張奐與延叔堅書曰吾與叔堅剖心相知豈以流言相猜耶

解帶　披衿 周祗執友箴曰落落喬松遼遼莊惠解帶一遇道映萬代王智深宋紀曰孔淳之隱居剡山嘗遇桑門釋法崇於三山披衿領契自以爲得意之交

同生　偕死 傅幹與張叔威書曰吾與足下義結缺素恩比同生吳志曰吳範與魏滕相善交滕常有罪吳王責怒有諫處死範謂滕曰與汝偕死諫得免矣

兩龔　二仲 漢書曰兩龔皆楚人滕字君賓舍字君倩二人相友著名節故時號爲楚兩龔趙岐三輔決錄曰蔣詡字元卿舍中三逕唯羊仲求仲從之遊二仲皆推廉逃名

金蘭　松竹 周易曰二人同心其利斷金同心之言其臭如蘭周祗執友箴曰謙謙文侯友賢好學英英昭禮敦

詩致樂推誠歲寒功標松竹 **投分** **推誠** 潘岳詩曰投分寄名友白首周所歸謝承後漢書曰王嬰字仲豪與同郡范巨卿爲友其與友交推誠據信不負言誓

忘年 **得意** 張隱文士傳曰祢衡有逸才少與孔融交時衡未滿二十而融已五十敬衡才秀忘年殷勤得意見披襟注

伯牙絕絃 **郢人運斤** 伯牙絕絃見琴流水注莊子曰莊子送葬過惠子之墓顧謂從者曰郢人堊墁者其鼻端若蟬翼使匠石斲之匠石運斤成風聽而斲之盡堊而鼻不傷郢人立不失容元君聞之召匠石曰嘗爲之匠石曰臣則嘗斲之雖然臣質死久矣自夫子之死吾无以爲質矣

揔角 **撫塵** 何盛晉中興書曰庾翼與桓溫友善在揔角之中便相期以終始東方朔與孫弘書曰盖聞爵祿不相責以禮同類之遊不以遠近爲故是以東門先生居蓬戶空穴之中而魏公子一朝以百騎尊寵之呂望未嘗與文王同席而坐一朝讓以天下半夫大夫相知何必以撫塵而遊垂髮齊年偃伏以日數哉

神交 **冥契** 袁宏山濤別傳曰陳留阮籍譙国嵇康並高才遠識少有陪其契者濤初不識一與其相遇便爲神交劉義慶世說曰支道林喪法虔之後精神霣喪風味轉墜謂人曰冥契既逝發言莫賞中心蘊結余其亡矣去後數年支遂殞殁

莫逆 **忘言** 莊子曰子祀子輿子犁子來四人相與語曰孰能知死生存亡之體者吾與之友四人相視而笑莫逆於心遂相與爲友又曰蹄所以在兔得兔而忘蹄筌所以在魚得魚而忘筌言所以在意得意而忘言

尹班 **荀李** 東觀漢記曰尹敏字幼季與班彪相厚每相與談常對案不食晝即至冥夜即徹明司馬彪續漢書曰李膺性簡亮無所交接唯以同郡荀淑陳寔爲時友

子高抗手 **楊政把臂** 孔叢子曰子高遊趙平原君客有鄒文節與子高相友善及將還魯諸故人訣既畢文節行三宿臨別文節流涕交頸子高徒抗手而已東觀漢記曰楊政嘗過馬武稱疾見政對几據牀欲令政拜牀下入戶前排武徑上牀坐武帳言語不擇政因把臂責之曰卿蒙恩稱蕃臣不思求賢報国而驕天下英俊會信陽侯至責數武合爲朋友也

詩

古善哉行 月沒參橫北斗闌干親友在門忘寢與飡

梁蕭鈞晚景遊泛懷友

詩 龍門依御瀟鳳轄轉芳洲雲峯初辨夏麥氣早迎秋山翠餘烟積川平晚照收浪隨文鷁轉渡逐彩鴛浮風花轉未落巖泉咽不流一辞金谷苑空想竹林遊

箴 周祗交箴 人亦有言貴則易交利重太山道輕鴻毛久而益敬見之晏平霜雪既至勁栢冬青

碑 晉孫楚帝招碑 君與劉偽少長河朔英雄同契爲刎頸之交非常爲時所忌每自酌損在乎季孟之間

漢蔡邕貞定直父碑 其接友也審辨眞僞明于知人度終始而後交情不踈而貌親

諷諫第三

敘事 白虎通曰諫者間也更也是非相間革更其行也人懷五常故知諫有五其一曰諷諫二曰順諫三曰闚諫四曰指諫五曰陷諫諷諫者智也知患禍之萌睹其未然而諷告焉順諫者仁也出辭遜順不逆君心闚諫者禮也視君顏色不悅且却悅而復前以禮進退指諫者信也指者質也質相其事陷諫者義也言國之害忘生爲君不避喪身故孔子曰諫有五吾從於諷諷也者謂君父有闕而難言之或託興詩賦以見乎詞或假託他事以陳其意冀有所悟而遷於善諫也者謂事有不當指而言之上至君父下及朋友論之不疑必有所益故孔子稱君有爭臣父有爭子士有爭友此之謂也尚

書曰每歲孟春遒人以木鐸徇于路官師相規
工執藝事以諫其或不恭邦有常刑又惟木從
繩則正后從諫則聖禮記曰父母有過下氣怡
色柔聲以諫諫若不入起敬起孝悅則復諫又
事君欲諫不欲陳 陳謂言過於外 又父母有過諫而不
逆孔子曰事君遠而諫則讇也近而不諫則尸
利也 碩子曰不諫則危君諫則危身是賢人君子上不敢危君下不敢危身三諫不從則去矣 事對 饋
歎 飲歌 左傳曰魏獻子爲政梗陽人以獄上其大宗賂以女樂魏子將受之閻沒汝寬退朝待於庭饋入召
之比置三歎既食使坐魏子曰唯食忘憂吾子三歎何也同辭
對曰饋之始至恐其不足是以歎曰豈有將軍食之而不足是

以再歎及饋之畢曰願以小人之腹爲君子心屬猒而已獻子
遂辭梗陽人晏子春秋曰景公起大臺歲寒役之東餒者鄉有
焉公延晏子坐飲酒樂晏子歌終喟然流涕
公止之曰子殆爲大臺之役寡人將罷之 后聖 臣直
后聖見敘事漢書曰薛廣德字長卿爲御史大夫直言諫爭上
出便門欲御樓船廣德頓首曰宜從橋上不悅光祿大夫張孟進
曰臣聞君聖臣直乘船
危就橋安上乃從橋 當車 扣馬 尚書洪範五行傳曰昌邑王賀爲帝天陰
七日晝夜不見日月賀欲出行光祿大夫夏侯勝當車諫曰天
久陰不雨臣下有謀上者陛下欲何之史記曰趙肅侯遊大陵
出於鹿門大成午扣馬諫曰耕事方急肅侯下車而謝之又崔
鴻前秦錄曰符堅如鄴狩于西山伶人王洛扣馬而諫乃止
汗輪 折檻 漢書曰薛廣德字長卿爲御史大夫直言諫爭上出便門欲御樓船廣德當乘輿免冠頓
首曰宜從橋陛下不聽臣臣自刎以血汙車輪漢書成帝時朱
雲上疏求見公卿在前雲曰願賜上方斬馬劍斷佞臣一人頭
以厲其餘因指言張禹上大怒曰庭辱師傅死罪不赦御史將
雲下雲攀殿檻檻折呼曰臣得下從龍逢比干遊於地下足矣

傳曰建武八年車駕西征隗囂郭憲諫曰天下初定車駕未可以動憲乃當車拔佩刀以斷車鞅帝不從遂上隴其後潁川兵起廻駕而還帝歎曰恨不用光禄之言段龜龍西涼記曰吕纂斬馳游獵或馬奔溝塹之間殿中侍御史王回控馬諫曰陛下宜憶袁盎攬轡之言

盡言 **開說** 劉向說苑曰有能盡言於君用則留不用則去謂之諫也魏志曰明帝時百姓凋匱而役務方殷衛覬上疏曰非破家爲國殺身成君者誰犯顔色觸忌諱建一言開一說哉

犯顔 逆

逆意 范曄後漢書曰銚期重於信義在朝廷憂国愛主其有不得於心必犯顔諫爭魏志曰明帝時百姓凋匱而役務方殷衛覬上疏曰順顔者愛所由生逆意者惡所從至故人皆順顔而避逆意又桓範世要論曰揣人之耳逆人之意不爲諫爭

屛几改容 **免冠頓首** 崔鴻前涼録曰張駿讌群寮議欲嚴刑峻制衆咸以爲宜叅軍黄斌進曰臣未見其可尊親犯令即令不行矣駿性嚴猛乃屛几改容曰微黄生吾不聞過矣可謂忠之至也范曄後漢書曰銚期有不得於心必犯顔諫爭帝嘗出期免冠頓首車前曰古今之戒變不意而成不願陛下微行數出帝爲之廻輿而

還

賦 謝偃惟皇誡德賦 惟皇王之迭代信步騩之殊規莫不慮失者常得懷安者必危是以戰戰慄慄日慎一日守幼守儉去奢去逸外無荒禽內無荒室惟賢是授惟民斯恤則四皇不足五五帝不足六若夫恃智驕力狠戾倔強忠良是弃諂佞斯獎構崇臺以造天穿深池而絕壤厚賦重役積寶藏鏹無罪加形有功不賞則夏桀可二殷辛易兩

詩 漢韋孟諷楚元王四言詩 邦事是廢逸遊是娛犬馬悠悠是放是驅所弘匪德所親匪俊唯囿是恢唯諫是信嗟哉我王漢之睦親曾不夙夜以休令聞

魏應璩百壹詩 室廣致凝陰臺高來積陽奈何季代人侈靡在宮牆飾巧無窮極土木被朱光徵求傾四海雅意猶未康

貴第四

敘事 說文云貴者歸也謂物所歸仰汝潁言貴聲如歸往之歸抱朴子曰貴游子弟生乎婦人之手憂懼未嘗經心或未免襁褓而加青紫之秩纔勝衣冠而居寵榮之位專生殺之威

操黜陟之柄誠可畏矣戰國策曰田需貴於魏王惠子曰勉哉夫楊橫樹之則生折而樹之亦生然十人樹之一人拔之則無楊矣且以十人之衆樹易生之物然而不勝一人者何也樹之難而去之易今雖自樹於王而欲去之者衆子必危矣史記李斯歎曰吾聞荀卿有云物禁太盛吾昔上蔡布衣今人臣之位無居其上者可謂富貴極矣物極則衰吾未知所稅駕也荀伯子

荀氏家傳曰惟我之先至于有晉人物盈朝袞衣韡韡六代九公不亦偉乎磊落瓌奇光照六合中興丞相王公歎曰勗巳後榮寵莫二爲天下貴門矣

事對

七葉 **五侯** 左思詠史詩曰金張籍舊業七葉珥漢貂漢書曰成帝封舅譚爲平阿侯商爲成都侯立爲江陽侯根爲曲陽侯逢爲高平侯五人同日封世謂之五侯榮貴絶代

金張 **耿鄧** 漢書曰功臣之家唯有金氏張氏親近貴寵比於外戚又曰金日磾勤功上將傳国後嗣七葉内侍何其盛也東觀漢記曰耿氏自中興以後迄建安之末大將軍二人九卿十三人遂與漢盛衰又曰鄧氏自中興後累葉貴寵莫與爲比

三王 **五公** 東觀漢記曰耿氏自中興以後迄建安之末尚公主三人列侯十九人中郎將護羌校尉及刺史二千石數百人司馬彪漢書曰袁安桓帝初遷太尉四葉五公

許史 **梁竇** 漢書曰許嘉爲大司馬車騎將軍又曰史丹男九人皆以丹任爲侍中自宣元成哀外戚興者許史三王丁傅之家皆重侯累將窮富極貴謝承後漢書曰梁氏在位二十餘年窮極滿盛威行内外百僚側目莫敢違命東觀漢記曰章帝崩竇太后臨政竇憲爲大將軍食邑二萬戸弟景執金吾瓌將作大匠光祿勳

垂三組 **佩六印** 漢書楊僕宜陽人也稍遷至主爵都尉南越反拜爲樓船將軍有功封梁侯因歸家懷銀黄垂三組以誇鄉里組綬也史記曰蘇秦洛陽人也師於鬼谷先生後得周書陰符讀之以出揣摩因說六國以秦爲從約長并相六國各佩其印行過洛陽重騎輜重諸侯各發使送之甚衆擬於王者周王聞之恐懼除道使人郊勞於是散千金以賜宗族

一門三后 **六葉九公** 謝承後漢書曰梁不疑子爲潁陰侯胤子爲城父侯冀一門三皇后六貴人二大將軍夫人女侯邑稱君七人尚公主三人其餘卿將尹校五十七人百僚側目莫敢違命六葉九公見叙事

朱輪 **華轂** 漢書楊惲曰吾家方全盛之時乘朱輪者十人又劉向上封事曰今王氏一姓乘朱輪華轂者二十三人青紫貂蟬充盈幄内

觀閣

彌亘 㕔第相望 張璠漢記曰馬防兄弟貴盛大起第觀連閣彌亘東觀漢記曰竇融嗣子穆尚內黃公主而融弟顯親侯竇友嗣子固尚沮陽公主穆長子勳尚東海恭王女竇氏一公兩侯三公主四二千石自祖至孫官府㕔第相望奴婢千數雖親戚功臣莫與爲比

詩 晉左思詠史詩 濟濟京城內赫赫王侯居冠蓋陰四術朱輪竟長衢朝集金張館暮宿許史廬南鄰擊鍾磬北里吹笙竽 古樂府詩 君家誠易知[redacted]復難忘黃金爲君門白玉爲君堂堂上羅酒樽使作邯鄲倡中庭生奇樹華燈何煌煌兄弟兩三人中子爲侍郎五日一來歸道上自生光黃金絡馬頭觀者滿路傍 齊鮑昭代京洛篇 鳳樓十二重四戶八綺窻繡角金蓮花桂柱玉盤龍珠簾無隔露羅幌不勝風寶帳三十萬爲爾一朝容 梁吳均贈周興嗣詩 吾賢當路者聲名振華夏朱輪玳瑁牛紫𩋃連錢馬朝花舞風去夜月窺窻下想君貴易交居然應見捨 紹安贈蔡君詩 疇昔同幽谷伊爾遷喬木赫奕盛青紫討論窮簡牘 李伯藥寄

楊公詩 公子盛西京光華早著名分庭接遊士虛館待時英高閣浮香出長廊寶劍鳴面花無隔笑歌扇不鄣声 鮑昭擬古詩 魯客事楚王懷金襲丹素既荷主人恩又蒙令尹顧日晏罷朝還輿馬塞衢路宗黨生光華賓僕遠傾慕富貴人所欲道得亦何懼

富第五

叙事 夫貴者必富而富者未必貴也故士之欲貴乃爲富也然欲富者非爲貴也從是觀之富人之所極願也故易曰富有之謂大業孔子曰富而可求雖執鞭之士吾亦爲之如不可求從吾所好又曰富與貴是人之所欲不以其道得之不處也陽虎云爲富不仁爲仁不富家

語曰以富貴而下人何人不與以富貴而敬人何人不親史記曰夫用貧求富農不如工工不如商刺繡文不如倚市門此言末業貧者之資也春秋左氏傳曰齊慶氏亡分其邑與晏子晏子不受人問曰富者人所欲也何爲不受對曰無功之賞不義之富禍之媒也我非惡富恐失富也說苑曰楚王問莊辛君子之富奈何對曰君子之富假貸人不買也餘食人不使不役也親戚愛之罪人善之不肖者事之皆欲其壽樂

不傷於患此君子之富也王充論衡曰楊子雲作法言蜀富賈人齎錢十萬願載於書子雲不聽曰夫富無仁義猶圈中之鹿欄中之羊也安得妄載桓寬鹽鐵論曰人大富則不可以祿使

尚書五福二曰富

事對

素封　丹穴　記曰富者人之情惟所不學而俱願者也今有无秩祿之俸爵邑之人而比之者命曰素封漢書曰寡婦清眞先得丹穴而擅其利以致富焉

筭金　量玉　徐廣晉記曰王戎殖財賄家僮數百計筭金帛有如不足以此獲譏於時王子年拾遺記曰郭況累數億庭中起高閣歷衡石於其上以秤量珠玉

借車子　請如願　千寶搜神記曰有周犨嘖者貧而好道夫婦夜耕困卧夢天公過而哀之勑外有以給與司錄案籍曰此人相貧限不過此唯有張車子應賜千萬車子未生

請以借之天公曰善又録異傳曰廬陵歐明從賈客道經彭澤湖每以舟中所有多少投湖中云以爲礼積數年後復過忽見湖中有大道上多風塵有數吏乘車馬來候明云是青洪君使要須吏達見有府舍門下吏卒明甚怖吏曰无可怖青洪君感君前後有礼故要君必有重遺君者勿取獨求如願耳明既見青洪君乃求如願使逐明去如願者青洪君婢也明將歸所願輙得數年大富

金溝 **錢井** 劉義慶曰王武子移第北芒下于時人多地貴濟好馬射買地作埒編錢布地竟埒時人號曰金溝風俗通曰河南平陰龐儉遭蒼卒之時隨母流轉客居廬中鑿井得錢千萬遂因得富

陶白 **程羅** 史記曰范蠡浮海出齊變名姓止于陶致貲累巨萬天下稱陶朱公又曰白圭樂觀時變趍時若猛獸鷙鳥之發漢書曰程鄭山東遷虜也冶鐵賈富埒卓氏又曰成都羅裒貲至巨萬

積財如山 **閉門成市** 王隱晉書曰石崇百道營生積財如山東觀漢記曰樊重素富閉門成市

秦鐵 **魏冉** 左傳曰秦后子有寵於桓如二君其母曰不出懼■后子奔晉其車千乘注曰景公母弟公子鍼史記曰穰侯魏冉

之富富於王家

銅山 **金穴** 漢書曰上使善相人相鄧通曰當貧餓死上曰能富通在我於是賜蜀嚴道銅山得自鑄錢布天下東觀漢記曰郭況遷大鴻臚上數幸其第賜金帛甚盛京師号況家爲金穴言其貴極也

卓鄭 **猗陶** 史記曰卓氏因鐵冶富又曰程鄭冨埒卓氏孔叢曰猗頓大畜牛羊于猗氏之南貲擬王公富於猗氏故曰猗頓史記曰范蠡止陶致貲累巨萬天下稱陶朱公

輜車千乘 **僮客萬人** 史記曰穰侯富於王家出關輜車千乘蜀志曰糜竺字子仲祖業貨殖童客萬人貲産巨萬

谷量牛馬 **閣稱珠玉** 漢書曰烏孫保畜牧及衆斥賣求奇繒物間獻遺戎王王什倍其富與之積畜至用谷量牛馬秦始皇令保比封君烏氏縣名保其名也王子年拾遺記曰郭況庭中起高閣歷衡召於其上以稱量珠玉

漿酒 **藿肉** 漢書曰鮑宣上書曰奈何獨私養外親與幸臣董賢多賞賜以千萬數奴從賓客漿酒藿肉蒼頭廬兒皆用致富非天意

頌

齊鮑昭清河頌 士民殷富繁軼五陵宮宇宏麗崇冠山川

論 梁劉孝標廣絶交論冨埒陶白貲巨程羅山擅銅陵家藏金穴

貧第六

叙事 呂忱字林曰窶貧空也孫卿子曰貨財粟米之於家少有者謂之貧至無者謂之窮方言曰南楚人貧衣被醜敝謂之須捷捷謂狎疌也或謂之褸裂褸裂衣壞貌也音樓或謂之藍縷左傳曰蓽路藍縷謂貧也顔延之庭誥曰富則盛貧則病甚矣貧之爲病也不唯形色麤黶或亦神心沮廢豈但交友疎弃必有家人誚讓非廉潔深識者何能不移其揎故欲蠲憂患莫若懷古之志當自同古人見深則憂淺識遠則患浮昔有琴歌於編蓬之中用此道也毛詩曰出自北門憂心殷殷終窶且貧莫知我艱又曰自我徂爾三歲食貧論語曰貧與賤是人之所惡不以其道得之不去也又曰貧而無怨難列子曰凡爲名者必廉廉斯貧矣

事對 六極 十盜尚書六極一曰凶短折二曰疾三曰夏四曰貧五曰惡六曰弱太公六韜曰武王問太公曰夫貧富豈有命乎將治生不得其意太公曰盜在其室計之不熟一盜收種不時二盜取婦无能三盜養女太多四盜弃事就酒五盜衣服過度六盜封藏不謹七盜井竈不便八盜舉息就利九盜无事燒火十盜安得富也

杼空 壁立毛詩曰小東大東杼軸其空箋云譚无他貨唯絲麻耳今盡杼軸不作也漢書曰梁孝王薨司馬相如歸而家貧徒四壁立

圭竇 蓽

戶禮記曰儒有畝之宮環堵之室蓽戶圭窬又左傳曰蓽戶圭窬符子曰楚之交子魯之周子齊之狂子相與居乎
泰山之陽處乎環堵之室蓽戶不扉盖茨不翳而高歌不輟 縕袍 短褐 論語曰衣敝縕袍淮南子
曰貧人夏則被褐帶索含菽飲水以支暑熱冬則羊裘短褐不掩形而煬竈口 蓬室 棘庭 皇甫謐高
[redacted]傳曰老萊子楚人也耕蒙山之陽以萑葭爲牆蓬蒿爲室杞木爲牀蓍艾爲席抱朴子曰洪貧元僮僕籬落頹決荊棘叢生
庭宇 牛衣 蝸廬 漢書曰王章家貧常卧牛衣中魚豢魏略曰楊沛前後宰歷城守不以私計介意故
身退之後家无餘積蝸牛廬居止其中妻子凍餒 并日而食 同衣而出 論語
曰端木賜結駟連騎以從原憲居蓬蒿之中并日而食子貢曰甚矣子之病也謝承後漢書曰李元字大遜陳留人也事母至
孝家貧兄弟六人同衣而出 蓬霤 桑樞 抱朴子曰洪家貧荊棘叢於庭宇蓬莠塞乎階霤莊子曰
原憲居環堵之室桑爲樞而甕爲牖 枯鮒 懸鶉 莊子曰莊周家貧故往貸粟於河監侯監侯曰待我

得邑金貸子三百金周忿然作色曰周昨來視車轍有鮒魚君豈有斗升之水而相活哉周謂曰諾我且游吳越令激西江之水而迎子
可乎鮒魚忿然作色曰此曾不如早索我於枯魚之肆乎孫卿子曰子夏家貧徒有四壁 一瓢 四壁 論語曰賢
哉回也一簞食一瓢飲崔鴻後燕録曰魏郡王高家貧徒有四壁 茅宅 蓬廬 李劭別傳曰公居貧而不好脩産業
有稻田三十畝茅宅一區張衡歸田賦曰感老氏之遺戒乃廻駕乎蓬廬 坎壈 落魄 楚辭曰坎壈兮貧士失職
而志不平漢書曰酈食其好讀書家貧落魄 賣樵 鬻畚 漢書曰朱買臣家貧好讀書不脩産業常刈薪樵賣
以給食何法盛晉中興書曰王猛[redacted]貧鬻畚爲事 甕牖 席門 禮記曰儒有一畝之宮環堵之室易衣而出併
日而食漢書曰陳平家貧好讀書不營生素居窮巷中以席爲門然門多長者車轍 夜耕 晝傭 陶潛搜神記曰
有周犨噴者貧而好道夫婦夜耕崔鴻後燕録曰魏郡王高秦末飢亂夫妻晝則傭耕夜則伐草燒塼 歠菽 食
藜 禮記曰子路曰傷哉貧也已生无以爲養子曰歠菽飲水以盡其歡斯之謂孝崔鴻後燕録曰王高秦末飢亂父母兄弟死者

十有五人飢食藜藿寒衣草衣**蓬戶　蒿牀**莊子曰原憲居環堵之室蓬戶不掩皇甫謐高士傳曰田何年老家
貧茅居蒿牀守道不仕**賫卜　傭書**司馬彪續漢書曰范丹桓帝時辟爲太尉丹自以狷急不能從俗弊
服賣卜於市魏收後魏書曰崔亮字敬儒清河東武城人家貧傭書自業**雪履　塵甑**史記曰東郭先
生久待詔公車貧困飢寒衣弊履不完行雪中履有上无下足盡踐地道中人笑之司馬彪續漢書曰范丹桓帝時以丹爲萊蕪
長不到官遭黨人禁錮乃結草室而居有時絕粮閭里歌之曰甑中生塵范史雲釜中生魚范萊蕪**立錐地**
擔石儲史記曰楚相孫叔敖知優孟賢病且死謂其子曰我死汝必貧困往見優孟居數年卒敖子果窮困負薪
逢優孟遂謁謂孟父素所誠言孟即爲敖子談說楚王謂叔敖
復生欲以爲相孟曰請與婦計之三日而來曰婦言慎勿爲楚
相孫叔敖之爲相盡忠及死其子无立錐之地何足爲也王遂
封敖子又魏志曰　歆素清貧祿賜以賑施親戚故家无擔石之
儲**子桑殆病　无安已絕**莊子曰子輿與子桑友而霖雨十日子輿曰子桑殆病矣

裹飯而往食之子桑若歌若笑鼓琴曰父母豈欲吾貧哉天地
豈私貧我哉求而爲之者不得也先賢行狀曰胡定字元安至
行絕人居喪始免遊其庭縣令遣戶曹掾問定定已絕穀**賦****束晳貧家賦**余遭家之轗軻嬰六
極之困屯无原憲之厚德有斯人之下貧愁鬱煩而難處且羅
縷而自陳有漏狹之草屋不蔽覆而受塵欲恚怒而无益徒拂
鬱而獨嗔蒙乾坤之徧覆庇无財而有仁**漢楊雄逐貧賦**汝在六極投弃荒遐進不由德退不受阿
久爲滯客其意若何人皆文繡余褐不完人皆稻粱我獨藜飧
貧无寶玩何以爲歡徒行負笈出處易衣身服百役手足胼胝
朋友道絕■官陵遲厥咎安在職爾之爲舍爾遠竄崑崙之巔
爾復我隨翰飛戾天舍爾登山巖穴隱藏爾復我隨陟彼高岡
舍爾入海汎彼柏舟爾復我隨載沉載浮我行爾動
我靜汝休豈无他人從我何求今汝去矣勿復久留**詩**晉
左思詠史詩習習籠中鳥舉翮觸四隅落落窮巷士抱影守空廬出門无通路枳棘塞中途計策弃不
收塊若枯池魚外望无寸祿內頋无斗儲親戚還相蔑朋友日夜踈**宋陶潛詠貧士詩**萬族

皆有託孤雲獨无依曖曖虛中滅何時見殘暉又曰凄厲歲將暮擁褐抱南軒前園无遺秀枯條盈北園傾壺絶餘瀝窺竈不見煙詩書塞坐外白日去不還又曰榮叟老帶索欣然方彈琴原生納决履清歌暢高音斂袂不掩肘藜羮乏恒斟豈忘襲輕裘苟得非所欽又曰仲蔚愛窮居繞屋生蒿蓬翳然絶交游賦詩頗能工介焉安其業所樂相窮通人事固已拙聊得長自從

宋袁伯文述山貧詩 傭滌倦閭閈耕牧憊松丘製荷依露壑搴若逗霜洲鬢垂驚年孛膚耗盈帶憂幸有深棲性幽山可以留

梁王僧孺傷乞人詩 少年空扶轍白首竟填溝葦席何由足蔽藋不能周自顧非好行乞且欲包羞勞君欵曲問冒此殷勤酬

宋蕭璟貧士詩 四時迭來往苦辛隨事迫三冬泣牛被五月披裘客遲遲春日永憂來安所適季秋授衣節荷裳竟不易班超弃筆硯妻敬脫挽軛雖云丈夫志絲涉自嫌迹賢哉顏氏子飲水常怡懌

晉張望詩 荒墟人迹稀隱僻閭隣闊葦席自朽損敗屋正廖豁炎夏无完絺玄冬无煖褐四體困寒暑六時疲餒渴營生愈愁瘁愁來不可割

晉江逌詩 華門不啓扉環

堵滿蒿榛空瓢覆壁下簞上自生塵出門誰氏子惱哉一何貧

梁朱异詠貧詩 羈途皆可試維貧獨未安窻開兩片月霜足一重寒蒿濕鋪牀冷荷脆補衣難若言爲客易推劒與君彈

應瑗雜詩 貧子語窮兒无錢可把撮耕日不得粟采彼北山葛簞瓢恒自在无用相呵喝

魏武謠俗詞 甕中无斗儲發篋无尺繒友來從我貧不知所以應

【書】**應璩與韋仲將書** 夫以原憲懸磬之居而值皇天无已之時新芻既盡穀亦傾匱進无顏子不改之志退无揚雄晏然之情是以懷慼良不可堪

又與董仲連書 穀糴騰踊告求周隣日獲數斗猶无薪可以孰之孟軻困於梁宋宣尼戹以陳蔡无以過此出蒙請於臧獲入見謫於嬪息忽使巳憤不知處世之爲樂也

離別第七

【敘事】楚辭曰悲莫悲兮生別離又曰憭慄兮若在遠行登山臨水送將歸江淹別賦曰

黯然銷魂者唯別而已矣家語曰孔子去周老
子送之曰吾聞富貴者送人以財仁者送人以
言吾雖不能富貴而竊仁者之號請送子以言
凡當世之聰明深察而近於死者好議人者也
博辯宏大而危其身者好發人之惡也孔子曰
敬奉教東觀漢記曰陳遵使匈奴辭於王丹丹
謂遵曰子使絕域無以相贈贈子以不拜遂揖
而別遵甚悅管輅別傳曰諸葛樂與輅別戒
以二言卿性樂酒雖溫克然不可保寧當節之
卿有水鏡之才所見者妙禍如膏火〃不愼持
卿散才以游於雲漢之間不憂不富貴也輅言
酒不可極才不可盡吾欲持酒以禮持才以愚
何患之有耶

事對

宿濟　餞郿　毛詩曰出宿于濟飲餞于禰又曰申伯言邁王餞于郿

浮雲　零雨　李陵贈蘇武詩曰仰視浮雲馳奄忽互相逾風波一失路各在天一隅孫楚征西宮屬於陟陽侯祖道詩曰晨風飄岐路零雨被秋草傾城遠追送餞我千里道

牽衣　揔轡　魏文帝見挽船士兄弟辭別詩曰舍我故鄉客將適萬里道妻子牽衣袂落淚霑懷抱陸機赴洛詩曰揔轡登長路鳴咽辭密親永歎遵北渚遺思結南津

參辰　弦栝　李陵贈蘇武詩曰昔爲鴛與鴦今爲參與辰昔時常相近邈若胡與秦陸機爲顧彥先贈婦詩曰形影參商乖音信曠不達離合豈非常譬彼弦與筈

送南浦

造北林 楚辭曰余交手兮連行送美人兮南浦曹植離友詩曰日匿景兮天微陰經迴路兮造北林

北館 東城 漢武帝與秦嘉子侯家詔曰春時子侯於北館與家別陸機贈馮文熊詩曰鳳駕出東城送子臨河曲登樓望峻波時逝一何速

白雲 黃鶴 穆天子傳曰天子觴西王母瑤池之上王母謡曰白雲在天山川間之蘇武贈李陵詩曰黃鶴一遠別千里顧徘徊胡馬去其群思心長依依

北路 南津 曹彪荅東阿王詩曰盤經難懷抱停駕與君訣即車登北路永歎尋先輸陸雲荅兄機詩曰悠遠途可極別怨會何長南津有絕濟北渚无河梁

二鳧 雙鸞 李陵贈蘇武詩曰二鳧俱北飛一鳧獨南翔子當留斯館我當歸故鄉嵇康贈秀才入軍詩曰雙鸞匿景曜戢翼太山■單雌偏獨游哀吟傷生離

蘭圃 桃館 嵇康贈秀才入軍詩曰息造蘭圃秣馬華山郢人逝矣誰與盡言荊州圖記曰襄陽縣南陸道六里有桃林館是餞行送歸之處

東津 西渚 酈元注水經曰壽春縣城東爲長瀨津津側有才堂此亭迎送所泊也戴逵離興賦曰挾秦稚坡館鳴琴於林下理纖綸於長浦迴餞行以越江送倚人於西渚

四鳥 三荊 家語曰孔子在衛晨興顏回侍聞有哭声甚哀顏回曰此哭声非獨哀死又悲生離也孔子曰何以知之對曰回聞恒山之鳥生四子羽翼既成將分離悲鳴以相送哀声有類於此吳均續齊諧記曰京兆人田真兄弟三人共分財各居堂前有一株紫荊華甚茂共議破爲三待明截之忽一夕樹即枯死真見之驚謂諸弟曰本同株當分析便憔悴況人兄弟孔懷而可離異是人不如樹木也兄弟相感更合

秣馬 理棹 徐幹哀別賦曰秣余馬以俟濟兮心儃恨而內盡仰深沉之瞻識兮重增悲以傷情王彪之與諸兄弟方山別詩曰腊車揔驅輪洸舟理飛棹絲染墨悲歎路岐揚感悼

臨江 絕河 趙曄吳越春秋曰勾踐入臣於吳群臣皆送至浙江上臨水祖送吳氏春秋曰吳起行魏武侯自送之絕河西與起相辭

飛鵠 翔鴻 樂府飛鵠行曰念與君離別氣結不能言各言重自愛遠道歸來難杜摯贈毋丘荊州詩曰鵠飛舉萬里一翀昊蒼翔高志難得離鴻失所望

雲乖 雨絕 張載述懷詩曰跋涉山川千里告辭揚子

哭𡻕畧氏感絲雲乖雨絶心乎愴而郭璞詩曰君
如秋日雲妾似突中煙高下理自殊一乖雨絶天 翔凫 驚
鶴 李陵贈蘇武詩曰二凫俱北飛一凫獨南翔子當留斯館
我當還故鄉曹植詩曰雙鶴俱遨遊相倏東海傍雄飛窟
北翔雌逝赴南湘弃我交頸歡離别各一方 歸雲征 驚風散 李充送許從詩曰來若迅風歡
逝如歸雲征離合理之常聚散安足驚棗腆贈石崇詩
曰翕如翔雲會忽若驚風散分給懷離析對樂增累歎 發軫
弭棹 陸[redacted]贈馮文熊詩曰發軫濁渭汭駐馬大河隈分索古所悲志士多苦心謝靈運從宋公戲馬臺集孔令
詩曰歸客遂海隅脫冠謝朝列弭棹泊桂渚指景待樂闋 結轍 揚舲 范廣泉征虜亭餞王少傅詩曰
掛冠東門闕歸褐西唐足結轍塵高衢祖供懸長麓孔法生征
虜亭祖王少傅詩曰若人鑒殆辱解紱揚歸舲直感屬神慮高
興襲天情 悽心 結念 卞裕詩曰余弟適東邁眷戀將乖情離别信吾事悽心相纏嬰謝靈運送雷次
宗詩曰符守瑞邊楚感念悽城壕志苦離念結情傷日月悄 援琴 擊筑 蔡邕琴操曰商陵牧子娶
妻五年无子父母將欲爲改娶妻聞中夜驚起倚戶悲嘯牧子
聞援琴鼓之痛恩愛以永離歎别鶴以舒情故曰别鶴操史記
曰燕太子送荆軻入秦賓客知其事者皆白衣冠以送之至易水上既祖道高漸離爲之擊筑 贈言 送
揖 家語曰子路將行辭於孔子曰贈以帛乎贈汝以言乎對曰請以言孔子曰不強不達不勞无功不忠无親不信无
復不恭无禮慎此五者而已矣子路曰由願終身奉之東觀漢
記曰陳遵爲太司農護軍使匈奴過辭於王丹臨訣丹謂遵曰
俱遭時[redacted]唯我二人爲天地所遺今子當之絶城无以相贈贈子以不拜遂揖而别遵甚悅 陟陽候 臨
川亭 孫楚西征官屬於陟陽候祖道詩曰晨風飄歧路零雨被秋草傾城遠追送餞我千里道荀雍臨川亭詩曰目
極依春路披褐懷良辰明發戒徒御臨流餞歸人 即長衢 陵高阜 孫楚陟陽候詩曰乖離即
長衢惆悵盈懷抱孰能察其心鑒之以蒼昊卞裕送桓竟陵
詩曰翰城將孰寄懷人應斯莅餞行陵高阜怡衿睦景氣
隔山河 閡丘谷 孫楚之馮翊祖道詩曰舉翮撫三秦抗我千里目念當隔山河孰觴懷慘毒郭

惜與從弟別詩曰乖索易爲久尋離覺月促遼落隔脩途窈窕閡丘谷

征虜亭 領軍府 范廣泉征虜亭餞王少傅詩曰韓卿斡輦路疎傳知殆辱素德燭光塵玄軌芳前覺謝琨送二王在領軍府集詩曰苦哉遠征人將乖萃余室明惚通朝暉絲竹盛蕭瑟

一日三月 二載千秋 毛詩曰佻兮達兮在城闕兮一日不見如三月兮李陵與蘇武詩曰嘉會難再遇二載爲千秋臨河濯長纓念別悵阻脩

掩歡緒 起離端 宋孝武帝幸中興堂餞江夏王詩曰送行悵川逝離酌偶歲陰陰雲掩懽緒江山起別心謝混送二王在領軍府詩曰樂酒輟今辰離端起來日

〔賦〕

魏文帝離居賦 惟離居之可悲媿獨處于空牀愁耿耿而不寐歷終夜之悠長驚風厲於閨闥忽增激乎中房動幃牀之晻藹對明燭而无光

梁劉孝儀歎別賦 在初歸之爲興庶因會而自收保私庭之宴喜共昆弟而嬉游校小文於搖筆比楷式於臨流心每懽於接膝行必喜於同斷忽一去而數載遂離居而引隔既同夕於當寐乖共飡於終食惟遠望以代歸負相思其无力

梁張纘離別賦 隔願言於信次尚眷眷而興懷矧雲崖之遙訣把離神之長乖顧龍門而掩涕瞻郢路以何借在驚禽之厲感自徂年之將暮眺湘源之分流遵洞庭之水路山峻高而易隱浦邅迴而難泝猿啾啾而夜鳴風搖搖而曉度悄客子兮何心能辞鄉與別故共抱荃蕙之遺芳不離披於霜露

梁江淹別賦 黯然銷魂者唯別而已矣況秦吳兮絕國復燕宋兮千里或春苔兮始生或秋風兮暫起是以行子腸斷百感悽惻風蕭蕭而異響雲漫漫而奇色舟凝滯於水濱車逶遲於山側棹容與而未前馬寒鳴而不息掩金觴而誰御橫玉柱而霑軾居人愁臥怳若有亡日下壁而沉彩月上軒而飛光見紅蘭之受露望青秋之罹霜巡丹檻而空掩撫錦幃而虛涼知離夢之躑躅意別魂之飛揚

〔詩〕

古詩 行行重行行與君生別離相去萬餘里各在天一涯道路阻且長會面安可知胡馬依北風越鳥巢南枝

李陵贈蘇武詩 攜手上河梁遊子暮何之徘徊臨蹊路恨恨不能辞行人難久留各言長相思安知非日月弦望自有時努力崇明德皓首以爲期

宋謝靈運相送方山詩 祗役出皇邑指

期甄甌越解纜及流潮懷舊不能發析析就
衰林皎皎明秋月含情易爲盈遇物難可歌宋鮑明遠贈
別傅都曹詩輕鴻戲江潭孤鴈集洲沚邂逅兩相親同念
共无已風雨好東西一隔頓千里追想棲宿
時声容滿心耳短翮
不能翔徘徊煙霧裏齊謝朓新亭渚別范雲詩洞庭
張樂
地瀟湘帝子遊雲去蒼梧野水還江漢流停驂
我悵望輕檝子夷猶心事俱已矣江上徒離憂齊王融蕭
諮議西上夜集詩徘徊將所愛惜別在河梁衿袖三春
隔江山千里長寸心無遠近兩地有
風霜勉哉勤歲暮敬矣慎容齊張融別詩白雲山上盡清
光山中殊未澤杜若空自芳風松下歌欲識
離人悲孤
臺見明月梁庾肩吾新亭送劉之遴詩車轉黃山路
舟纚白馬津
送輪時合幰分驂各背塵常山喜臨代
隴頭悲望秦欲持漢中策還似贈征人周王褒別王都官
詩聯綿慨流客悽愴惜离群東西御溝水南北會稽雲
河橋兩堤絶橫岐數路分山川遥不見懷袖遠相聞江
安棲坂館

揔同庾信荅林法師詩客行七十歲歲暮遠徂征塞雲
疑不解隱水東无声君看日遠
近爲忖
長安城又別袁昌州詩河陽望隴頭分手路悠悠徂年若
驚電別日歎成秋黃鵠飛飛遠青
山去去愁不言雲
雨散更似東西流

初學記卷第十八

初學記卷第十九

錫山安國校刊

人部下

美丈夫一　美婦人二　醜人三

長人四　短人五　奴婢六

美丈夫第一

敘事　家語曰息土之民美周書曰美男謂之破老爾雅曰美士爲彥暀暀皇皇穆穆美也論語曰堂堂乎張也注云言子張儀容盛　左傳稱公子鮑美而豔登徒子賦稱宋玉爲人體貌閑麗漢書云張子房狀貌如婦人好女直不疑狀貌甚美吳志孫桓儀容端正器懷聰明語林曰何平叔美姿儀而絕白魏文帝疑其著粉夏月與熱湯餅既噉大汗出隨以朱衣自拭色轉皎然潘安仁至美每行於道群嫗以果擲之常盈車晉書王濛字仲祖美姿容常覽鏡自照稱其父字曰王文開生如此兒耶嘗帽破入市買之群嫗悅之遺之帽也漢書曰張蒼肥白如瓠東方朔目如懸珠齒如編貝後漢馬援眉目若畫左傳子太叔美秀而文晉書謝尚論中朝人物杜乂

膚清衛叔寶神清又王戎曰王衍神姿高徹如
瑶林玉樹自是風塵外物又王澄謂王衍曰兄
形似道而神鋒太秀又漢書司馬相如車騎雍
容閑雅甚都都美也晉裴楷容儀俊爽時人謂
之玉人【事對】乘羊車 執麈尾 衛玠別傳曰玠在鄴亂中乘羊車於洛陽
市舉市咸曰誰家玉人王夷甫美容皃常執玉柄麈尾與手一色而无別 夏潘連璧 甥舅
映珠 郭子曰潘安仁夏侯湛並有美容皃常同行人謂之連璧衛玠別傳曰王武子玠之舅也語人曰昨與吾外生
並坐烱然若明珠之在我側朗然來映人 班伯甚麗 何晏絶美 漢書曰班伯少受詩
於師丹大將軍王鳳薦伯宜勸學召見宴昵殿中容皃甚麗誦說有法拜中常侍何晏別傳曰晏方年七八歲慧心天悟形皃

絶美出遊行觀者盈路咸謂神仙之類 陳平冠玉 董偃賣珠 漢書曰陳平美色漢
王曰平雖丈夫美如冠玉耳又曰董偃始與母賣珠爲業偃年十三隨母入平陽公主家左右言其姣好主養之號董君 得
葛無恨 窺宋未許 異苑曰鄢陽陳忠女名豐隣人葛勃有美姿豐與村中數共聚絡絲
戲相謂曰若得壻如葛勃无所恨也宋玉登徒子好色賦曰玉爲人躰皃閑麗口多微詞性又好色願王勿與出入後宮宋玉
曰臣東家之子增之一分則太長減之一分則太短著粉太白施朱太赤然此女登墻三年窺臣臣至今未許 龍章
鳳姿 凝脂點漆 嵇康別傳曰康長七尺八寸好容色雖土木形骸不自飾而龍章鳳姿天質自
然語林曰王右軍目杜弘治曰面如凝脂眼如點漆此神仙中人 宋鮑美豔 孫桓聰明
見敘事中 宋明等珪璧 何晏若神仙 王智深宋記曰宋明帝諱彧姿皃豐
潔與珪璧等質何晏事見上 【行】陳沈烱長安少年行 長安好少年驄馬鐵連錢陳王

裝腦勒晉后鑄金鞭步搖如飛鸞鰨鍔似舒蓮去來新市北遨遊大道邊道邊三老翁顏鬢似衰蓬自言生漢代少小見豪雄五侯俱日拜七貴各論功建章連北闕複道應南宮太后居長樂天子出回中玉輦迎飛鸞金山賞鄧通一朝復一日忽見市朝空扶桑无復海崑山倒向東少年何暇問頹齡遇福終子孫冥緘尽鄉閭不復通淚尽眼方暗胛傷耳自聾杖策尋遺老歌嘯詠悲翁遭隨今有遇非敢訪童蒙

美婦人第二

敘事 毛詩注云美女爲媛何承天纂文云孚瑜美色也莊子曰西施毛嬙人之所美也魚見之深入鳥見之高飛左傳稱鄭有徐吾犯之妹甚美公孫楚與公孫黑爭聘之又宋孔父嘉之妻美宋華父督見之於路目逆而送之

曰美而豔公羊傳曰邾婁顏夫人有國色後漢書曰梁冀妻孫壽色美善爲妖態作愁眉啼粧墮馬髻折腰步齲齒笑以爲媚惑

事對 弄玉 飛瓊 劉向列仙傳曰簫史者秦穆公時人善吹簫能致孔雀白鶴穆公女弄玉好之公以妻焉一朝隨鳳飛去漢武内傳西王母乘紫雲之輦屐玄瓊之舄下輦上殿呼帝共坐命侍女許飛瓊鼓雲和之簧

南威 西子 戰国策曰晉文公得南威三日不朝遂推南威而遠之曰後代必有以色亡国者曹植扇賦曰情騁蕩而外得心悅豫而內安增吳氏之姣好發西子之玉顏

楚娃 宋豔 服虔通俗文曰南楚以美色爲娃楊雄方言曰宋衛晉鄭之間美色曰艶

絳樹 青琴 魏文帝與繁欽書曰今之妙舞莫巧於絳樹清歌莫激於宋臈司馬相如上林賦曰若夫青琴宓妃之徒絕殊離俗冶閑都靚粧刻飾

巫峽 洛川 山海經曰丹山西即巫山

也帝女居焉宋玉所謂我帝之季女名曰瑶姬其間首尾一百六十里謂之巫峽盖因山爲名也曹植洛神賦曰容與乎揚林流眄乎洛川俯則未察仰以殊觀靚一麗人于巖之畔

高唐　下蔡　宋玉神女賦曰楚襄王與宋玉遊於雲夢之澤使宋玉賦高唐之事其夜王寢夢與神女遇其狀甚麗阮籍詩二妃游江濵逍遥順風翔交甫懐玉佩婉孌有芬芳傾城迷下蔡容好結中腸

翠翰眉　蟬翼鬢　陸機艷歌行美目揚玉澤蛾眉象翠翰鮮膚一何潤秀色若可餐崔豹古今注魏文帝宫人絶所愛者有莫瓊樹薛夜來陳尚衣陳巧笑皆日夜在側瓊樹始製爲蟬鬢望之縹緲如蟬翼故號曰蟬鬢

束素腰　撗波目　宋玉登徒子賦曰臣東家之子眉如翠羽膚如束素傅毅舞賦曰眉連娟以增繞目流睇而撗波

賦

宋玉高唐賦并序

昔者先王嘗遊高唐怠而晝寢夢一婦人曰妾巫山之女也爲高唐之客聞君而遊高康願薦枕席王因幸之去而辭曰妾在巫山之陽高唐之岨朝爲行雲暮爲行雨朝朝暮暮陽臺之下王曰朝雲始出狀若何也王對曰其始出也晭兮若松榯其少進也晰兮

若姣姬揚袂鄣日而望所思忽兮改容偈兮若駕駟馬建羽旌湫兮如風凄兮如雨風止雨霽雲无處所中阪遥望玄木冬榮煌煌熒熒奪人目精爛兮若列星曾不可殫形

漢司馬相如美人賦

臣之東隣有一女子玄髮豐豔蛾眉皓齒顏盛色茂景曜光起恒翹翹而相顧欲留臣而共止登垣而望臣三年於兹矣臣弃而弗許離宫閑館寂寞重虚門閣晝掩曖若仙居臣排其戶而造其堂芳香郁烈黼帳高張有女獨處婉然在牀奇葩逸麗素質艷光覩臣遷延欲笑而言曰上客何国之公子所從來无乃遠乎遂設旨酒進鳴琴臣遂撫絃爲幽蘭白雲之曲女乃歌曰獨處室兮廓无依思佳人兮情傷悲有美人兮來何遲日既暮兮華色衰敢託身兮長自思玉釵挂臣冠羅袖拂臣衣

魏曹植洛神賦

御者對曰臣聞河洛之神名曰宓妃君王所見无乃是乎其狀若何臣願聞之余告之曰其形也翩若驚鴻婉若游龍榮曜秋菊華茂春松髣髴兮若輕雲之蔽月飄颻兮望流風之迴雪遠而望之皎若太陽升朝霞迫而察之均若芙蕖出渌波穠纖得所脩短合度肩若削成腰若約素延頸秀項皓齒呈露芳澤无加鉛華不御雲髻峩峩脩眉連娟丹脣外朗皓

齒內鮮明眸善睞靨輔承權瓌姿豔逸儀靜體閑柔情綽態媚
於語言奇服曠代骨象應圖披羅衣之璀粲珥瑤碧之華琚戴
金翠之首飾綴明珠以耀軀踐遠遊之文履曳霧綃之輕裾微
幽蘭之芳藹兮步踟躕於山隅於是忽焉縱體以遨以嬉左倚
彩旄右蔭桂旗攘皓腕於神滸兮采湍瀨之玄芝余情悅其淑
美心振蕩而不怡妝和顏以靜志兮申禮防以自持於是洛靈
感焉徙倚彷徨神光離合乍陰乍陽竦輕軀以鶴立若將飛而
未翔踐椒塗之郁烈步蘅薄以流芳超長吟以永慕兮声哀厲
而彌長歎匏瓜之无疋詠牽牛之獨處揚輕袿之綺靡翳脩袖
以延佇體迅飛鳧飄忽若神凌波微步羅襪生塵動无常則若
危若安又曰越北沚過南岡紆素領迴清陽動丹脣以徐言陳
交接之大綱恨人神之道殊兮怨盛年之莫當於是背下陵高
足往心留遺情想像顧望懷愁

宋謝靈運江妃賦 小腰微骨朱衣皓齒綿視騰來靡容曠理
出月隱山落日映嶼收霞斂色迴飈拂渚每馳情於晨暮矧良
遇之莫敘投明珠以申贈覬色授而魂與嗟佳人之眇邈眺霄
際而晤語懼展愛之未期抑傾念而暫佇天台二娥宮亭雙媛
青桂神接紫衣形見或飄翰淩煙或潛泳浮海萬里俄頃寸陰

未改事雖假於雲物心常得於无待

【詩】古詩 青青河畔草鬱鬱園中柳盈盈樓上女皎皎當窗牖娥娥紅粉
粧纖纖出素手自云倡家女嫁為蕩子婦蕩子行不歸空牀難獨守

晉阮籍詩 妃佼閑都子英耀何芬葩
玄髩發朱顏睇眄有光華傾城思一顧遺視來相過願為三春遊朝陽忽蹉跎

又詩 二妃遊江濱逍遙順風翔交甫
懷玉佩婉孌有芬芳倚靡情歡愛千載不相忘傾
城迷下蔡容好結中腸感激生愛思萱草樹蘭房

【歌】漢李延年歌 北方有佳人絕世而獨立一顧傾人城再顧傾人国宣不知何城国佳人難再得

晉傅玄歌 有女懷芬芳媞媞步東廂蛾眉雙翠羽明眸發清光丹脣翳皓齒秀顏若珪璋巧笑露靨輔衆媚不可詳令儀希世
出无乃古毛嬙首戴金步搖耳繫明月璫

【篇】魏曹植美女篇 美女妖且閑採桑歧路間
柔條芬冉冉葉落何翩翩攘袖見素手皓腕約金鐶頭上金雀
釵腰佩翠琅玕明珠交玉體珊瑚間木難羅衣何飄飄輕裾隨
風還顧眄遺光彩長笑氣若蘭行徒用息駕休者以忘餐

【行】古樂府陌上桑行 日出

東南隅照我秦氏樓秦氏有好女自言名羅敷羅敷喜採桑採桑城南隅青絲為籠繩桂枝為籠鈎頭上髮墮髻耳中明月珠緗綺為下裙紫綺為上襦觀者見羅敷下擔捋髭鬚少年見羅敷脫巾著幞頭耕者忘其犁鋤者忘其鋤來歸相喜怒但坐觀羅敷使君從南來五馬立踟躕

宋鮑照堂上行 暉暉朱顏酡紛紛織女梭滿堂皆美女自我對姮娥箏笛更彈吹高唱好相和萬曲不關心一曲動情多欲知意厚薄又聽声相過

醜人第三

敘事 釋名曰醜臭也穢也家語曰耗土之人醜尚書洪範六極五曰惡孔安國曰醜陋也發蒙記曰醜男䰒䕯醜女離春廣雅曰仳惟媒婄儓罷顡須嶲睢頦顝顛醜也此鼻之反惟火遺反媒音陪儓音臺罷蒲北反顡老丈反睢音佳頦古來反顝音骨顛音欺毛詩曰不見子都乃見狂且注曰狂且狂醜之人

左傳曰賈大夫貌惡取妻而美三年不言御以如臯射雉獲之其妻始笑孫卿子曰衛靈公有臣曰公孫吕身長七尺面長三尺廣三寸名動天下史記曰澹臺滅明狀甚惡秦相蔡澤欽頤折頞晉書左思貌醜而口訥何承天纂文曰嫫母醜人也列女傳曰齊孤逐女其狀甚惡又齊宿留女項有大瘤梁鴻之妻孟光醜黑而肥力能舉石臼

事對 短足 銳頭崔鴻前秦録曰苻雄字元才趙建武中拜龍驤將軍皃醜頭大而足短故軍稱為大頭龍驤劉謐之龍郎賦曰其頭也則中骼而上下銳顙平而承枕四起 欽

顒　推額　周斐汝南先賢傳曰周燮字彥祖欽顒折頞皃甚醜母欲不舉其父曰吾聞諸聖賢人狀皆有異於人興我宗者必此兒遂[redacted]之呂氏春秋陳有惡人曰郭洽嚳眉推額色如漆也

承宮　後漢書曰承宮名播匈奴時單于使求見宮曰夷狄眩名非識實也臣狀皃醜不可以示遠人

管輅　魏志曰管輅容皃醜而嗜酒飲食无威儀也

孫秀　駘他　晉書孫秀尚河東公主形陋短小奴僕之下者也莊子曰魯哀公問仲尼曰衛有惡人焉曰哀駘他丈夫之與處者思不能去也婦人之請於其母曰與爲人妻寧爲夫子妾者十數而未止也是必有以異乎人也寡人召而觀之果以惡駭天下

子羔貌惡　伯倫形陋　家語曰高柴字子羔長不過六尺狀皃甚惡爲人篤孝知名孔子之門仕爲郕宰梁祚魏國統文曰劉伶字伯倫形皃醜陋身長六尺然肆意放蕩悠焉獨暢自得一時常以宇宙爲狹

支離隱顒　夏禹長頸　莊子曰支離疏者顒隱於臍肩高於頂會撮指天五管在上兩髀爲脇也尸子曰禹長頸鳥喙面目顏色亦惡矣天下獨賢之

鶡鴠　嫫母　焦贛易林復之蒙曰鶡鴠娶妻深目窈斗折腰不媚與伯相負何承天纂文曰嫫母醜人也黃帝愛幸

誕女　亮妻　世說曰王廣娶諸葛誕女入室言語始交王語婦曰神色卑下殊不似公休婦曰大丈夫不能髣髴彥雲而令婦人比蹤英傑習鑿齒襄陽記曰黃承彥謂孔明曰君擇婦身有醜女黃須黑色而才堪相配君子孔明許焉載送之時人以爲笑樂鄉里爲之諺曰莫作孔明擇婦正得河外醜女

卬鼻　宿瘤　劉向列女傳曰齊鍾離春者齊无鹽邑女宣王之正后也其爲人極醜无雙凹頭深目長肚大節卬鼻結喉肥項少髮折腰出胷皮膚若漆行年三十无所容入行嫁不售於是拂拭短褐自詣宣王宣王納之爲后又曰齊宿瘤女者齊東郭採桑之女閔王后也項有大瘤故號宿瘤

孤逐　厚送　劉向列女傳曰齊孤逐女者其狀甚醜三逐於鄉五逐於里過時无所容乃造襄王之門而求見王輟食而起謹敬左右曰三逐於鄉者不忠五逐於里者少禮何足爲貴王曰子不識也夫牛鳴而馬不應者異類故此其人必有異者遂見與之語而悅之韓詩外傳齊王厚送女欲妻屠門肚肚辭以疾其友勸之曰子孫死腥臭之肆而

已乎何以辭之壯應曰其女醜其友曰何謂也壯曰吾肉善如量而去苦少耳吾肉不善雖以他附益之尚猶不售今厚送子子醜故耳其友下問女果醜壯一作仕

惠妃 **允婦**

王隱晉書曰武帝爲太子納妃謀久不決上欲娶衛瓘女揚后欲娶賈充女上曰衛公女有五可賈公女有五不可衛家種賢而多子端正而長白賈家種妬而少子醜而短黑也郭子曰許允婦是阮德如妹奇醜交禮竟許永无復入理桓範勸之曰阮嫁醜女與卿故當有意宜察之許便入見婦即出提裾待之許謂婦曰婦有四德卿有幾答曰新婦所乏唯容士有百行君有其幾許曰皆備婦曰君好色不好德何謂皆備許有慙色遂雅相重

勃屑 **朧康**

楚辭曰西施媞媞而不得見嫫母勃屑而日侍又楚辭曰珪璋雜於甑室朧廉與孟陬同宮舉世以爲恒俗固將愁苦而終窮

賦 **劉謐之龐郎賦**

坐上諸君子各各明君耳聽我作文章說此河南事詞沉不具載

朱彦時黑兒賦

世有非常人寶惟彼玄士稟茲至緇色內外皆相似卧如驪牛驟立如烏牛時忿如鶻鴿鬭樂似鸕鷀喜云云詞沉不具載

劉思

眞醜婦賦

人皆得令室我命獨何各不遇妻任德正值醜惡婦才質陋且儉姿容劇嫫母鹿頭獮猴面推額復出口折頞厭黑面樓鼻兩眼皺交曰切膚如老桑皮耳如側兩手頭如研米槌髮如掘掃帚惡觀醜儀容不媚似鋪首闇鈍拙梳髻刻畫又更醜桩頰如狗舐額上獨偏厚朱脣如踏血畫眉如鼠負傅粉堆顛下面中不徧有領如盐鼓囊袖如常拭釜覆中如和泥爪甲長有垢腳皸可容箸熟視令人嘔

宋玉登徒子好色賦

登徒子妻逢頭攣耳斷牛[redacted]反脣歷齒旁行傴僂又疥且痔登徒子悅之使有五子王熟察之誰爲好色者矣

長人第四

敍事 周書曰丘陵之人專而長淮南子曰東方之人長禮斗儀曰君乘土而王者其人長帝王世紀曰禹長九尺九寸殷湯長九尺孔演圖曰孔子長十尺帝王世紀曰季歷之妃生

文王昌身長十尺吳越春秋曰伍子胥長一丈眉間一尺漢書曰韓王信長八尺九寸張蒼長大肥白如瓠金日磾長八尺二寸東方朔長九尺三寸河圖龍文曰龍伯國人長三十丈以東得大秦國人長十丈又以東十萬里得佻國人長三丈五尺又以東十萬里中秦國人長一丈天之東南西北極各有銅頭鐵額兵長三千萬丈又有金剛敢死力士長三千萬丈天中太平之都有都甲食鬼鐵面兵長三千萬丈東方朔神異經曰西南大荒中有人焉長一丈其腹圍九尺踐龜蛇戴朱鳥左手憑青龍右手憑白虎知河海斗斛識山石多少知天下鳥獸言語知百穀草木鹹苦名曰聖一名哲一名先一名無不達凡人見拜者令人神智西北海外有人焉長二千里兩脚中間相去千里腹圍一千五百里但日飲天酒五斗不食五穀魚肉唯飲酒好游山海間不犯百姓不干萬物與天地同生名無路之人一名仁一名信一名神

事對

晉十圍

跡六尺 晉書曰尹緯字景亮少有大志不營產業身長八尺
腰帶十圍鬼梧有爽氣史記曰秦始皇時有大人見
臨洮身長五
丈脚跡六尺 見襄武 出蓬萊 魏志曰咸熙二年有大
人見襄武縣長二丈餘
脚跡長三尺二寸白髮著黃單衣黃巾漢書曰王莽時有奇士
長一丈大十圍自謂曰巨毋霸本出於蓬萊東五城西北昭如
海濱軺車不能載三馬不能勝即日
大車四馬建旗鼓詣闕卧則枕股 眉見軾 骨專車
穀梁傳魯文公十一年叔孫得臣敗狄于鹹長狄也弟兄三人
太害中國瓦石不能害叔孫得臣最善射者也射其目身橫九
畝斷其首眉見於軾國語曰吳伐越墮會稽獲骨焉節專車吳
子使問仲尼仲尼曰昔禹致羣臣於會稽之山防風氏後至禹
戮之其骨節專
車此爲大矣 長狄五丈 千秋八尺 尚書洪範五
行傳曰長狄
之人長蓋五丈餘也漢書曰車千秋姓田爲高寢郎戾太
子敗千秋訟太子寃上乃召見千秋長八尺餘躰皃甚美 馬
騰雄異 趙壹皃梧 袁宏漢紀曰長樂衛尉馬騰其長
八尺身體洪大面鼻雄異而性賢

厚人多敬之後漢書趙壹字元叔躰皃魁梧身長
九尺美鬚眉望之甚偉恃才傲物爲鄉曲所擯 海釣巨
鼇 河流大屐 列子曰大壑中有五山天帝使巨鼇戴五
山龍伯国有大人釣六鼇合負而歸因灼
其骨帝怒滅龍伯之国祖沖之述異記曰符健皇始四年有長
人見身長五丈語人張靖曰今當太平新平令以聞健以爲妖
妄召靖繫之是月霖雨河渭泛溢蒲坂津監寇登於河中流
得大屐一隻長七尺三寸足跡稱屐指長尺餘文深七寸 巨
霸枕股 中香拂蓋 巨霸已見上三十国春秋置左右
鎮郎及拂蓋郎申香爲拂蓋郎長
一丈
九尺 十丈極數 三馬不勝 国語曰人之長極幾何
仲尼曰長者不過十丈
數之極也三馬
事見巨霸注 林父千里 支提三丈 東方朔神異
經東南隅大
荒中有林父焉其高千里腹圍百輔郭子橫洞冥記曰有
支提国人長三丈二尺有三手一手當胷手足各三指 賦
漢司馬相如大人賦 世有大人兮在乎中州宅弥萬里
兮曾不足以少留悲世俗之迫隘

兮揭輕舉而遠遊垂絳幡之素霓戴雲氣而上浮建絡澤之脩竿兮總光耀之彩旄垂旬始爲緣兮曳彗星而爲髾掉指撟以偃蹇兮又猗旎以招搖攬攙搶以爲旌兮靡屈虹以爲綢江杳眇以泫泫兮猋風涌而雲浮

【贊】晉郭璞

長臂國讚 双臂三丈躰如中人彼曷爲者長臂之人脩腳是負捕魚海濱

又夸父讚 神哉夸父難以理尋傾河及日遁形鄧林觸類而化應无常心

短人第五

【叙事】國語曰僬侥國人長三尺短之至也方言曰侏儒短人也蕉昨啓切矲蒲揩切短也漢武故事東郡送一短人長七寸名巨靈漢書曰嚴延年爲人短小精悍敏捷於事婁護爲人短小精辨何承天纂文曰漢光武時潁川張仲師長二寸魏書曰王粲樂進並爲人短小占夢書曰凡夢侏儒事不成舉事中止後無名百姓所笑人所輕拾遺記曰員嶠山有陀移國人長三尺壽萬歲廣延之國人長二尺東方朔神異經曰西北荒中有小人長一寸朱衣玄冠西海之外有鶴國男女皆長七寸

【事對】

臧紇 高柴 左傳邾人莒人伐鄫臧紇救鄫敗於狐駘国人誦之曰臧之狐裘敗我於狐駘我君小子侏儒是使侏儒侏儒敗我於邾家語曰高柴字子羔不過六尺爲人篤孝

優旃 蔡義 史記曰優旃秦倡侏儒也始皇時置酒天雨陛楯者寒旃矜之乃大呼曰女雖長雨中立我雖短故幸休始皇乃使皆代之漢書蔡義爲丞相時年八十餘短小无鬚眉皃似老嫗行步俛僂常兩吏持夾乃能行

楚莱公 齊晏子 孫卿

子曰楚葉公子高微小短瘠其行𡸝若不勝衣晏子春秋曰晏子短奉使楚楚爲小門晏子不入曰使狗国即從狗門入今使楚不當從狗門入也

蔡賦巴馬　郭讚竫人　蔡邕短人賦曰巴巔馬兮柙下狗郭璞讚曰僬僥極麽竫人又小竫音淨

王敬端方　張松放蕩　宋書曰王敬弘形狀短小而坐起端方益部雜記曰張松爲人短小而放蕩不理節操

婁護精辯　嚴延敏捷　並見敘事中

巨靈七寸　陁移三尺　並見敘事中

西海畏鵠　東方詒騶　東方朔神異經曰西海外有鶴国人長七寸行如飛日千里百物不敢犯唯畏海鵠海鵠遇則吞之壽三百歲人在鵠中不死漢書曰東方朔詒騶侏儒曰帝以若曹无益於縣官今欲盡殺若曹侏儒大懼

【賦】

漢蔡邕短人賦　侏儒短人僬僥之後出自外域戎狄別種去俗歸義慕化企踵遂在中国形皃有部名之侏儒生則象父唯有晏子在齊辨勇匡景拒崔加刃不恐其餘尫公劣㕑僂窶嘍噴怒語與人相距矇昧嗜酒喜索罰舉醉則揚声罵詈恣口衆人恐忌難與並侶是以陳賦引譬比偶皆得形象誠如所語其詞曰雄荊雞兮鶩鷿鵜鶻鳩鴉兮鶉鷄雌冠載勝兮啄木兒觀短人兮形若斯蟄地蝗兮蘆蛎蛆蚜如蘭中蝺兮蠢蠕䃳頓瀕䪻視短人兮形若斯木門閫兮梁上柱弊鑿頭兮斷柯斧鞾鞨鼓兮補履樸脫椎枘兮擣薤杵視短人兮形如許

【讚】

郭璞僬僥讚　僬僥極麽竫人又小四體取足眉目纔了

奴婢第六

【敘事】

風俗通曰古制本無奴婢即犯事者或原之臧者被臧罪沒入爲官奴婢獲者逃亡獲得爲奴婢也說文曰男入罪曰奴女入罪曰婢方言曰臧甬音勇侮獲奴婢賤稱也荊淮海岱山弁齊之間罵奴曰臧罵婢曰獲齊之北

鄙燕之北郊凡人男而壻婢曰臧女而婦奴曰獲又亡奴謂之臧亡婢謂之獲皆謂奴婢之賤稱秦晉之間罵奴曰侮燕齊之間養馬者及奴婢女厮皆謂之㛴女厮婦人給使者史記曰季布爲朱家鉗奴欒布爲人所略賣爲奴衛青爲侯家奴漢書曰王莽時匈奴侵寇乃大募天下囚徒人奴名曰豬突豨勇晉書曰烈宗之母本織坊中婢形色長黑宮人謂之崑崙太宗以計幸之生烈宗又裴秀之母婢年十八有令望而嫡母猶妬賓客滿座乃令秀母親下食與衆賓衆賓見並拜之

【事對】

周奚 晉隷 周禮曰奚三百人鄭玄注曰古者從坐男女沒入縣官曰奴婢其少才智者以爲奚今時侍史官婢是也古傳曰裴豹隷也杜預注曰犯罪沒官爲奴

遺賈 賜光 史記曰諸呂擅權陸賈曰天下安注意相天下危注意將將相和則士豫附於是陳平遂結歡太尉以奴婢百人遺賈漢書宣帝詔大司馬光宿衛忠正宣德明恩賞賜前後奴婢百七十人

鄭泥中 龐竈下 劉義慶說苑曰鄭玄家奴婢皆讀書玄嘗怒使曳一婢於泥中一婢來問曰胡爲乎泥中荅曰薄言往愬逢彼之怒風俗通曰河南龐儉少遇亂失父後鑿井得錢千餘萬行求老蒼頭使主牛馬有婚會奴在竈下竊言堂上母我妻也使驗問遂爲夫婦如初時人語曰盧里之龐鑿井得銅買奴得翁

陳餘地 吳谷利 應劭風俗通曰將作大匠陳國公孫志餘有蒼頭餘地年七十工書疏江表傳曰谷利吳大奴也

翻羹汚衣 覆酒就杖

東觀漢記曰劉寬性簡略夫人欲式寬意何當朝會裝嚴已訖使婢奉肉羹翻汚朝衣婢收之寬神色不異乃徐言羹爛汝乎劉向列女傳曰周室大夫仕於周妻淫於隣主父還恐覺之爲毒藥使媵婢進之婢私曰進之則殺主父告之則殺主毋因僵覆酒主父怒而笞之妻恐婢言之因他過欲殺之婢就杖將死而不言主父之弟聞之直以告主父放其妻將納婢辭以自殺主父乃厚幣嫁之

拔劒斷席 **平頭提霜** 史記曰任安衛將軍舍人過平陽主家主家設食與騎奴同席而食安拔佩刀斷席別坐

沈當問耕 古詩曰足下絲履五文章平頭奴子提履霜

劉使執杼 沈約宋書曰虜據滑臺太祖欲北伐沈慶之固陳不可丹陽君徐湛之吏部尚書江湛並在坐上使湛之等難慶之慶之曰理国譬如理家耕當問奴織當訪婢陛下今欲伐国而與白面書生輩謀之事何由濟上大笑劉謐之與天公箴曰在於建寧之邑始得數年相遲方欲教奴學耕使婢執杼

翟青代死 **杜墓更生** 皇甫謐列女後傳曰會稽翟素者翟氏之女也受聘未及配適遭賊欲犯之臨以白刃素婢名青青乞代素賊殺素後欲犯青青曰向欲代素恐被恥獲害耳今素尚死何以生爲賊復殺之干寶搜神記曰晉杜嘏家葬而婢誤不得出十餘年開墓而婢尚生云其如瞑有頃漸覺問之自謂一再宿初埋之十五六及開冢更生猶十五六嫁之有子

胡婢善射 **夷奴斫石** 三輔決錄曰金禕爲郡上計留在許都時魏武使長史伍必將兵衛天子於許都禕與必善必見禕有胡婢善射必常請之從役也林邑記曰范文夷師父奴也以刃斫石障如斬蘆葦後爲国王

賦

後漢蔡邕青衣賦 金生砂礫珠出蚌泥歎茲窈窕産于卑微盻倩淑麗皓齒蛾眉縱橫接髮葉如低葵綺袖丹裳躡蹈絲扉盤跚蹴蹀坐起低昂和暢善笑動揚朱脣都冶武媚卓皪多姿精惠小心趍事如飛中饋裁割莫能雙追關雎之潔不陷邪非察其所履世之鮮希宜作夫人爲衆女使伊何爾命在此賤微代无樊姬楚莊晉妃感昔鄭季平陽是私故因揚国歷爾邦畿雖得嬿婉舒寫情懷寒雪繽紛充庭盈階兼裳累鎮展轉倒頹昕昕將曙雞鳴相催飭駕趣嚴將舍爾乖矇冐矇冐思不可排

張子並詒青衣賦 彼何人斯悅此豔姿麗辭美譽雅句斐斐文則

可嘉志鄙意微鳳兮鳳兮何德之衰高岡可華何必棘茨醴泉
可飲何必洿泥隨珠彈雀堂溪刈葵鴛鴦鷄豚鼠何異乎鴟歷鸛
今古禍福之階多猶孽妾淫妻書戒牝雞詩載哲婦三代之季
皆由斯起晉獲驪戎斃壞恭子有夏取仍覆宗絕祀叔肸納田
聽声狼似穆子私庚豎牛餒已黃歇之敗從李園始魯受齊樂
仲尼逝矣文公懷安姜誚其鄙周漸將衰康王晏起畢公喟然
深思古道感彼關雎德不雙侶但願周公好以窈窕防微誚漸諷
諭君父孔氏大之列冠篇首晏嬰潔志不顧景女及儁不疑奉
霍不受見尊不迷況此麗豎三族无紀綢繆不序鮮行索妃旁
行求偶昏姻无媒宗廟无主門戶不名依其在所生女為妾生
男為虜歲時酹祀詣其先祖或於馬廄廚間竈下東向長跪接
狎觴酒悉請諸靈辟邪當主多乞少出銅丸鐵柱積繒累億皆
來集聚婍婉歡心各有先後臧獲之類蓋不足
數古之贅婿尚為塵垢況明智者欲作奴父 詩 劉夷道

詠死奴詩

丹籍生涯淺黃泉歸路深
不及江陵樹千秋長作林 篇 喬知之綠

珠篇

石家金谷重新声明珠十斛買娉婷此日可憐只自許
此時可愛得人情君家閨閣不曾難恒持歌舞借人看

意氣雄豪非分理驕矜勢力橫相干辭君去終不忍徒
勞掩面傷鉛粉百年離別在高樓一代紅顏為君盡 戲 喬

道元與天公牋

奴曰高安兩手並殘指如竹筒畏風惡寒
小者家生厥名曰饒腹中虛堅大如飯捎
飽食終日不能作勞借一小兒傖公吳母近因冬節暫詣其舅
狗咬一脛肉落如手攣筋徹骨跂而不愈長娍來成左目失明
動則入井已死復生次婢良信有桓公司馬之疥行步雖曠了
无前進隱疾難明辭不盡韻小婢從成南方之奚形如驚麞言
語嘍厲声音駭人唯堪駈雞之无所 辭 漢王褒責髯奴
役遺詣阿嵇復被狗咋困熟如泥

奴辭

我觀人鬚長而復黑冉弱而調離離若緣坡之竹鬱鬱
若春田之苗因風披靡隨身飄颻爾乃附以豐顛表以
蛾眉發以素顏呈以妍姿約之以紺綫潤之以芳脂華華翼翼
靡靡綏綏振之發曜黝若玄珪之垂於是揉鬢奮髭則論說虞
唐鼓鬐動鬛則研覈否臧內育環形外闔宮商相如以之都雅
顛孫以之堂堂豈若子髯既亂且赭枯槁无澤劬勞辛苦汗垢
流離污穢泥土傖囁穰擩音而與塵為侶无素顏可依无豐顛可
怙動則困於總滅靜則窘於內虜薄命為髭正著子頤為身不

能庭其四體爲智不能御其形骸撫髮鬚瘦面常如死灰曾不如犬羊之毛尾狐狸之毫氂爲子鬚者不亦難哉

約

漢王褒僮約 蜀郡王子泉以事到煎上寡婦楊惠舍有一奴名便了倩行酤酒便提大杖上冢巔曰大夫買便了時但約守冢不約爲他家男子酤酒子泉大怒曰奴寧欲賣耶惠曰奴父許人人无欲者子即決賣券云奴復曰欲使皆上券不上券便了不能爲也子泉曰諾券文曰神爵三年正月十五日資中男子王子泉從成都安志里女子楊惠買夫時戶下髯奴便了決賣萬五千奴從百役使不得有二言晨起早埽食了洗滌居當穿臼縛帚裁盂鑿井浚渠縛落鉏園斫陌杜埤鮒地刻大枷屈竹作把削治鹿盧出入不得騎馬載車踑坐大呶下牀振頭垂釣刈芻結葦臘纑汲水酪佐醧䤁醾䤁織履作麤黏雀張烏結網捕魚繳鴈彈鳧登山射鹿入水捕龜後園縱魚鴈鶩百餘驅逐鴟鳥持捎牧豬種薑養羊長育豚駒糞除常潔餧食馬牛鼓四起坐夜半益芻二月春分陂隄杜疆落桑披稷種瓜作瓠別茄披葱焚槎發疇龍集破封日中早熟雞鳴起舂調治馬驢兼落三重舍中有客提壺行酤汲水作餔滌杯整桉園中拔蒜斵蘇切脯築肉臛芋膾魚炰鱉烹茶盡具餔已而蓋藏關門塞竇餧豬縱犬勿與鄰里爭鬬奴但當飲豆水不得嗜酒欲飲美酒唯得染脣漬口不得傾盂覆斗不得晨出夜入交關伴偶舍後有樹當裁作船下至江州下到煎主爲府掾求用錢推訪惡販棱索綿亭買席往來都洛當爲婦女求脂澤販於小市歸都擔枲轉出旁蹉牽犬販鵝武陽買茶楊氏池中擔荷往來市聚慎護行偷入市不得夷蹲旁臥惡言醜罵日作刀弓持入益州貨易牛羊奴自交精慧不得癡愚持斧入山斷輮裁轅若殘當作俎机木屐及彘盤焚薪作炭礨功罪石薄岸治舍蓋屋書削代牘日暮以歸當送乾薪二三束四月當披五月當穫十月收豆多取蒲苧益作繩索雨墮无所爲當編蔣織箔植種桃李梨柹柘桑三丈一樹八尺爲行果類相從縱橫相當果熟收斂不得吮嘗犬吠當起驚告鄰里棖門柱戶上樓擊鼓荷盾曳矛還落三周勤心疾作不得遨遊奴老力索種莞織席事訖欲休當舂一石夜半无事浣衣當白若有私斂主給賓客奴不得有姦私事當關白奴不聽教當笞一百讀券文徧訖詞窮咋索仡仡扣頭兩手自縛目淚下落鼻涕長一尺當如王大夫言不如早歸黃土陌蚯蚓鑽額早知當尒爲王大夫酤酒不敢作惡此文相傳多誤庶不遺漏